「俺はお前を守る。
世界とお前の命を天秤にかけるなら、
俺は迷わず、ミットライト、お前を選ぶ」
ヴィレの行動理念は変わらない。
ミットライトの為、
愛する者の為だけに在る。
「僕は世界を
見捨てることは出来ない……」
「ならば、俺が
世界からお前を解放する」
抵抗しないミットライトに、
今度は優しく唇を重ねる。
JN088356
転生を繰り返す
白ヤギ王子は、
最愛の騎士と
巡り合う

転生を繰り返す白ヤギ王子は、最愛の騎士と巡り合う

貴津

24227

角川ルビー文庫

目次

口絵・本文イラスト／渋江ヨフネ

遠い遠い昔、まだ神という存在が、すべての命の傍らにあったころのお話。

その世界では禍の種が生まれると、それを封じるために『神子』が生まれるという言い伝えがあった。

神の力を借りて生まれた神子は、生涯で一度だけ、神の力を使う事が許されている。それは如何なる望みも叶えられるものだったが、個人の為ではなく多くの民のために使われる時にだけ許されるのだという。

過去に幾度も生まれた神子たちは、みな、様々な土地で民のために力を使い世界を救った。

そして、役目を終えると神の許へと還り、神の祝福を受けて永久に幸せに暮らすのだそうだ。

小さな国に生まれ落ちたミットライトは神子だった。

伝承の通り、神子の証である仔山羊の角を額に持って生まれたミットライトは、人々に祝福され、敬われ、いつか人を救うためにと大切に育てられていた。

神子の出現は禍の予兆でもあるのだが、人々はそれに怯えるより神子が生まれた事を喜んだ。

神子は神の存在の証明であり、民が神に見守られていることの証でもあるからだ。

ミットライトが青年となった時、未曾有の災害――深刻な干ばつと水不足のために、ミットライトの住む小さな国を含む大陸は大飢饉に見舞われた。

人々は飢え苦しみ、水を求めたが雨は一向に降らない。

蓄えは底をつき、これ以上雨が降らなければ、作物だけでなく大陸中の人の命も奪われる。

人々は手を尽くしたがどうにもならず、あとわずかで食糧もつきるとなった時に、小さな国の国王は神子の住まう神殿を訪れ、ミットライトに頭を垂れた。

「どうか、我が国と大陸に神のご慈悲を」

神子に神の力をもって、国を、民を、飢饉から救ってほしいという誓願だった。

ミットライトが神の力を使えば、間違いなくこの地に雨は降り、この小さな国と大陸の民はみな救われるだろう。

ただ一度しか使えない力だが、その力を振るうのは今だと間違いなく言えた。

「喜んで」

ミットライトは国王の言葉を受けて、神の力をもって雨を呼び、小さな国だけでなく大陸中の命を救った。

救われた民は国を挙げてミットライトを祝福した。

王城の中にある神子の神殿にいるミットライトの下へ人々は詰め掛け、感謝を捧げ、神に祈った。

ミットライトはずっとその様子を笑顔で見つめていた。

神子の役目を見事に遂げたミットライトに残された時間はもう殆ど無い。

神に力を還すため、神子は神の許へ還るのだ。

しかし、物語はめでたしめでたしでは終わらなかった。

「そんなバカなことがあるか！」

深夜、人々が寝静まった後、神殿の祈りの間で、ミットライトの前で苦し気にうずくまる男がいた。

ミットライトが生まれた時から乳兄弟として共に育ち、大人になってからは神子を守る騎士としてミットライトの傍にいた男だった。

男はミットライトが神の力を使って国を救った後にどうなるのかを知っていた。

「この国を救ったのに……救ったお前が死ぬなんて……」

唇を噛みしめ、血を吐くような苦し気な声で呟く男の背をミットライトは静かに抱きしめた。

「それが、僕の役目だからな。人を救って死ぬ。神様の思し召しだ」

優しい手つきで抱きしめているのに反して、ミットライトの言葉は辛辣だった。

気の強さ、意志の強さを感じさせるが、それがある種の虚勢であることを男は知っている。

ミットライトは民に向けては完璧な神子の姿を見せているが、男や両親のようなごく親しい相手には甘えるようにわがままや軽口を叩くのだ。

「役目が何だっ！　国を救って、人を助けても、お前は……お前は……」

そんな強がった姿が男の胸をより苦しめる。

神の力を使った神子は、役目を終えて常世の国に還る。

それは寿命を待つのではなく、生贄のように命を絶たれることを意味した。

「この時のために僕はこの国で育てられたようなものだ。もう役目を終えた以上、この世界に留まることは民の意に反する」

神子は禍と共に生まれる存在。禍が消えても神子が世に留まれば、新たな禍が呼び寄せられると民は恐れていた。

「自分の命を救ってくれた存在をそんな風にしていいわけがないだろう……」

男はこの国のために働いたミットライトが生贄のように処刑されるのが許せない。

最初は家族のような親愛を、共に成長して親友となり、大人になってからは最愛の人となり、神子と騎士という立場の陰でそっと寄り添いあっていた。

「ありがとう。最後にお前がそう言って泣いてくれたから、僕は救われる」

ミットライトとて納得しているわけではない。出来るならこの世界で男と共に生きて行きたい。

だが、ミットライトがこの世界に留まることは、男をも不幸にしてしまいかねない。

それはわかっているが、ミットライトもすべてを割り切れるわけではない。

ミットライトを思い、肩を震わせて嗚咽を堪えている男。

男はいつもミットライトの隣にいて、静かに見つめていてくれた。

その視線の優しさと熱をミットライトは手放すことになるのだ。

それを思うだけで身を裂かれるような堪らない気持ちになる。

すべてを投げ出して、すべてを捨てて、男と共に――。

「――」

ミットライトは震える声で男の名を呼び、堪らなくなって抱きしめている腕に力を込めた。

優しく包むような慰めの抱擁が、縋り付くような熱情に変わる。

今、この時だけと、ミットライトはこの先にあることすべてを考えないことにした。

最後の逢瀬を悲しみで終わらせたくない。

「ミットライト……」

男は顔を上げると、自分を抱きしめるミットライトの背を抱き返す。

ミットライトが思うのと同じか、それ以上に、男もミットライトを愛している。

民の為に在らねばならぬ神子としての枷を持つミットライトを、その枷もすべてまとめて包み込むように愛してくれた。

ミットライトが神子でなければ、男と運命を分かち合い共にあっただろう。

だが、ミットライトは神子なのだ。

「ミットライト、俺はお前と……」

「駄目だ、それ以上は駄目だ」

ミットライトは男の頬を両手で包み言う。

「僕は一人で行く。お前はこの地で命を育め。それが地に生まれた民の務めだ」

「俺は……」

男は言葉を詰まらせて、これ以上言わないでくれと言うミットライトにもわかるように、そして決して離れたくないとその体を掻き抱いた。

ミットライトもその力強い抱擁に身を委ねる。

男はミットライトを愛している。男にとって、ミットライトほど愛おしい存在は他にいない。

「愛している……ミットライト。俺は神子を——お前を守り愛する者だ。俺は……最後までお前を守る」

言葉を返すことはなかったが、ミットライトは滲む涙をこらえて微笑んだ。

綺麗な神子としての慈愛の笑みではない。男を思うミットライトの愛おしいという気持ちの詰まった笑みだ。

ミットライトはそのまま目を閉じ、男と静かに唇を重ねた。

神子であったミットライトは神の力を失わぬようにと純潔を守り続けていたが、雨を呼ぶのと引き換えに神の力は失われている。

もう神子としての役目は終えたのだ。

（あと、少しだけ……）

ミットライトは男と熱を分かち合い、最初で最後の幸せなひと時を過ごしたのだった。

夜明け前までを二人きりで過ごし、まだ薄暗い中をミットライトと男は神殿の広場へと向かった。

騎士の甲冑を身につけ正装した男は、美しい白い長衣を身につけたミットライトの後ろにぴったりとついて歩を進める。

二人の間にもう言葉はない。

昇る朝日の光と共にミットライトは常世の国に還る。

黙ったまま前を真っ直ぐに向いて歩くミットライトと、その後を静々と付き従う男。

広場には煌々と松明が焚かれているが、そこへ向かう二人が歩く道は薄青い光だけがほんのりと差している。

ミットライトが広場へと姿を現すと、国王を含めそこに居たすべての人間が膝をつき深く頭を下げた。

神の常世へと還る神子に対する最上の敬意の表れだ。

頭を下げる人々の間を、ミットライトと男は静かに進んで行く。

松明の焚かれた祭壇へと上がり、朝日が高く昇ろうとしている藍色の空を見上げる。

朝日がミットライトとその後ろに控えた男を照らし始めると、その光の中にさらに強い光が生まれた。

鮮烈なその光はゆっくりと大きくなり、人に似た形に変化する。

そして、声でない声で話しかけてきた。

『ミットライトよ、神子の務め大儀であった』

ミットライトはその光の前に跪き、祈りの形を取った。

『神子に問う。汝が望みを述べよ』

最後に与えられる慈悲だ。

ミットライトはここで人間の繁栄を祈り、神の常世へ還ることを望まねばならない。

だが――

「望みはただ一つ！　永遠に二人であることのみ！」

ミットライトの言葉より先に男の声が高らかに響き渡った。

それと同時にミットライトの身体は抱き上げられ、男の腕の中に収められる。

そして、ミットライトを抱き上げた男は光に向かって剣を突き上げ、神に対して叛意を示した。

広場から悲鳴が上がる。

剣に貫かれた光は、人の形を失い、歪み、大きく膨れ上がり始める。

『神子よ！　――在れ！』

頭の中に再び声が響き渡り、ミットライトと男は為す術もなく膨れ上がってきた光に飲み込まれてしまった。

◇◇◇

「……っ！」

息が詰まるような苦しさに、年若い王子は目を覚ました。

寝台の天蓋から下がる薄絹の向こう、窓の方を見るとまだ外は薄暗い。

（まるで、あの日みたいだ）

王子――ハイルング王国第一王子ミットライト・ハイルングはさっきまで見ていた夢、正しくは生まれる前、前世の記憶を思い返す。

「呪い在れ……」

ぼそりと呟いた言葉が重くのしかかる。

ミットライトはすべてを覚えていた。

生まれてからのことだけでなく、生まれる前の、さらにその前から。

ミットライトは言葉を理解できるくらいの年になると、急に過去の記憶がよみがえるのだ。

それは仔細に亘り、今まで送ってきた数多の人生の出来事すべてがミットライトの中に存在していた。男と共に神に刃向かい、真っ白な光に飲み込まれた後、ミットライトは別の世界に産み落とされた。生まれ、生きて、死んで。幾度かそれを繰り返して、今はハイルング王国という国の王子として生きている。

しかし、王子ではあるものの、山羊の獣人として生まれたミットライトは複雑な立場に立たされていた。

この世界には獣人と人間が存在する。

獣人の出生は突然変異で、親が人間同士であっても関係なく生まれる。卓越した才に恵まれることがあるため、表向きは獣人は神に祝福された存在とされる一方で、獣に由来する強靭な体軀や脚力、優れた聴覚や嗅覚など、獣の権能に由来する能力と容姿は人間にとっては畏怖すべきもので差別の対象ともなる。現に山羊の獣人であるミットライトは、人間の国王と正妃の間に生まれ王城で暮らしてはいるが王位継承権がない。獣人ではあるが王族であるために排除もできず、とは言え、次の国王とするには周囲の反対が大きすぎた。

そのために王位継承権のない王子という中途半端な立場になった。多分、王位は他にいる人間の弟たちの誰かが継承するのだろう。ミットライトは王族や王子としての責務を王城で果たしながら、人間の兄弟王子たちの陰に隠れた存在として生きる。

――はずだった。

「これも呪いのうちなのか……」

ハイルング王国は今、戦火に包まれようとしていた。

隣国の聖グランツ皇国がハイルング王国に侵略を仕掛けてきたのだ。

今は国境付近で小競り合い程度のものだが、その不穏な空気は民を不安にさせている。それに、このまま戦火が大きくなれば二つの国は全面戦争になるだろう。そして、大陸でも強国として並ぶ二つの国が戦争になれば、他の国々も平穏なままではいられない。

ミットライトが生まれる世界には、必ず禍の兆しが存在している。

過去に自分が生きてきた世界を思い返すと、禍は戦だけでなく、飢饉や疫病などに苦しんでいることもあった。これは神子だった時から変わらず、ミットライトが生まれるということは、その兆しが芽吹き始めたという証のようでもあった。

ミットライトは寝台から降りると窓辺に近づいた。

王城の中は静かだ。夜明け前の今、窓の外に見える中庭には警備の兵士以外に人の姿はない。中庭の向こう、城壁を越えてさらに先に見える城下の街の明かりもまばらで、人々は深い眠りについているようだ。こんな静かな世界の中で、今、大きな戦になる気配をミットライトは感じている。

この国に生まれた王子として、この静けさを守りたい。そう強く思う。

ミットライトは長く生きた知恵と僅かばかり自身に残された神の力をもって、いくつもの禍を退けてきた。しかし、どんなに尽くしても禍はなくならず、ミットライトは新しく生まれ落ちた世界で同じことを繰り返す。

幾度も繰り返される歴史と禍に、ミットライトは重い気持ちにもなる。

繰り返した生をすべてつなげれば５００年を超えるのだ。

まだ年若く見えるミットライトだが、長く生きた知恵と共に倦怠を内に抱えて生きているのだった。

「――――」

小さな、本当に小さな声で男の名を呟く。

ミットライトは最初の世界での神殺しの後、再び生を受けた世界で、最愛の男と同じ魂を持つ者と再会した。その時に、ミットライトだけではなく男もまた同じ呪いの中に在るのだと知った。前世で共に神に刃向かい呪われ、長い時を転生し続ける男。幾度転生してもミットライトは必ず男と再会することになる。

そして、繰り返す転生の中で災禍に巻き込まれるのだ。

男と出会えば災禍が起きるが、男がいなければ災禍を打ち払えない。

これが呪いでなくて何なのだろうか。

「出会わない方が良い……」

最愛の彼にはミットライトと同じ苦しみを味わわせたくない。

(だけど、本当は――)

ミットライトは再び寝台に戻り、やわらかな毛布の中にもぐりこんだ。

夜明けはまだ遠い。戦火も今すぐにというわけではない。

(もう、少しだけ……)

何もないこの温もりの中で目を閉じていたい。

「ミットライト王子だ……」

王城の渡り廊下を歩く、若い王子の姿を見て人々がその名を噂しあう。

王城では珍しい獣人である。

陽の光を受けて淡く輝く白金の髪に、小さな山羊の角と揺れる山羊の耳。横顔を見るだけでもその容姿が整っているのはよくわかる。透けるような白い肌に、花弁のように色鮮やかな唇が優し気な笑みを浮かべ、すれ違う者たちににこやかに微笑んでいた。

獣人であることで王位継承権もなく、宰相を始めとする歳を取った家臣たちからは冷遇されていたが、身分問わず分け隔てなく労いをかける姿は、近衛兵や城内を切り盛りする従者たちから人気を博していた。

ミットライトは城内のみならず、身分の低い者や獣人たちからの支持も厚い。

大きな政に口を出すことはできないが、市井に生きる民に目を向けた政策を多く行っていた。民から上げられてくる陳情書にはすべて目を通し、貴族たちが見向きもしないような僻地で起こったトラブルも、ミットライトは人を派遣し解決するようにしていた。

だから人々はミットライトが表に出ることはなくとも、獣人の王子がいることも知っていたし、その王子が自分たちのために動いてくれていることも知っていた。

小さなことの積み重ねだが、身分の低い者たちの為に働くことを厭わない王子という存在は、人々に知れ渡っていた。

そんな民を思う優しい心根の持ち主である上に、高貴な色とされる白を纏った清楚で愛らしい姿。城で働く者たちが街に戻ったときに、ミットライト王子の美しさを吹聴すれば、噂はたちまち広まっていった。

でもミットライトは獣人だった。

獣人でさえなければ。

それは、何度言われたか思い返すこともできないほど浴びせられ続けた言葉。

獣人と人間の大きな違いは外見だ。山羊の獣人であるミットライトには山羊の角と耳がある。服に隠れているがお尻には尾もある。

獣人の中には完全に獣に変化できるものもいると聞くが、そこまで出来るものはごく少ない。ミットライトも完全な山羊になることは出来ない。獣人として発現する動物は色々あるが、四つ足の獣であれば特徴的な耳や角、オオトカゲや蛇など爬虫類であれば鱗などが体の一部に現れる、本当に違いと言えばその程度だ。

しかし、些細であっても明らかな外見の違いは、集団で生きる人間にとっては恐怖の対象となる。自分と違う姿形のものが居るという事は受け入れがたいものなのだ。

ミットライトは離れた所から自分を見て囁く者たちにも愛らしい微笑みを送り、そのまま通路を抜けて王城の内部へと進む。

そうすると今度はまた違う空気がミットライトを取り囲む。

「獣王子が」

それは蔑みの言葉と冷ややかな視線。

だが、獣人として生まれた瞬間に亡き者とされなかっただけでもマシなのだ。

ハイルング王国は新興国で一応人間重視の国ではあるが、他の伝統を重んずるような歴史の長い国々に比べたら獣人への差別は少ない。ハイルング王国以外の国では獣人の王子が居るという話を聞くことすらない。もちろん、獣人は血筋を選ばず生まれるので生まれないという事はない。

要するに、それはそういう事なのだった。

「ミットライト殿下」

囁きの噂ではなく、苦々しさを含んだ声がミットライトを呼び止めた。

王子であるミットライトを呼び止めるなど不遜な行為であるが、ミットライトに関しては王子としての敬意などを持たれることはないのでこれもいつものことだった。

「はい、なんでしょう？　ドンナー宰相」

ミットライトは宰相の不遜な態度を叱ることもなく、皆に見せるやわらかな極上の笑顔で微笑み返した。

「何か国王陛下に御用ですかな？」

この先にあるのは国王の執務室、多分そこから出て来た宰相もミットライトが行く先が分かって尋ねてきたのだ。

「ええ、私のところへ上がってきた嘆願書の件で少しお話を」

「ほう、嘆願書。王子としての職務は果たしていらっしゃるのですね。素晴らしい。ですが、陛下は今お忙しくされている。嘆願書の件は後ほどにしていただきたい」

当たり前のようにミットライトにそう命じる。

「お言葉ですが、先週もそうおっしゃって……」

「ミットライト殿下」

宰相は厳しい声で言う。

「国王陛下はお忙しくしていらっしゃるのです」

国王の下へ通すつもりはないらしい。

宰相にそんな権限はないと振り切ることも可能だが、ミットライトは寂しそうな顔をして「わかりました」と頷いた。

「お判りいただければよろしい。それに、陛下はもう議会へ向かわれ、執務室にはおられません。後ほど役人を殿下のお部屋へ向かわせましょう。その時に嘆願書の件はお話しください」

宰相は満足そうに頷き、言いたいことだけ言うとさっさと行ってしまった。

良いように言われてぽつんと佇むミットライトを見て、ひそひそと陰口を囁いていた声が嘲笑を含む。

ミットライトは嘲笑の聞こえる方に視線をやることもなく、寂し気に来た道を戻り始めるしかなかった。

　ミットライトは自分の執務室へと戻ってきた。

扉を閉めて、誰も部屋にいないのを確認すると、ふぅっとため息を吐く。

　そして、今まで静々と歩いていた様子とは打って変わり、大股で部屋をよぎると応接の為の長椅子にどさっと腰を下ろした。

「グナーデ！」

　ミットライトはテーブルの上に書類を投げ出し、声高に従者の名を呼んだ。

「お帰りなさいませ、王子」

執務室に繋がる控えの間の扉から頭上に灰色の耳を持つ猫獣人の青年――グナーデが手に茶器のトレーを持って姿を現した。

　ミットライトより年上だが、王族に仕える従者としては若い方に見える。

「国王が死んでないか至急調べてこい」

　ミットライトはいきなりとんでもないことを言い始めたが、グナーデは心得たもので驚くこともなく淡々と応えた。

「国王陛下は今朝もしっかりご朝食を取られ、この後はご昼食に青菜のスープをご所望されたそうですよ」

グナーデは従者たちの会話で聞いた話をミットライトに聞かせた。

「青菜のスープ？　父上こそ山羊なんじゃないのか？　僕の昼食はサンドイッチにしてくれ。ガチョウのハムとトマトのやつだ」

「畏まりました」

　ミットライトのイライラとした言葉に応じながら、グナーデはお茶の準備をして、紅茶の注がれたカップを差し出す。

「父上が死んでないなら、僕が父上の執務室へ行かないようにしているのはドンナーの仕業だな」

　とはいえ、今日も最初から国王に会えるとは思っていなかった。状況がどんなであるかを探りに行っただけだ。

「城内の警備に変化はなかったが、騎士たちの姿を多く見かけた。戦線に変化があったのかもしれないな」

獣王子のところに詳細な情報が来ることはない。戦火の様子も伝えられず、ミットライトとグナーデが城内をめぐって拾い集めて来ていた。

グナーデはかなり立ち回りが上手いため、色々な場所から情報を収集してくることに長けている。それが気に入ってミットライトは自分の従者としたのだが、期待以上の働きを見せてくれている。

『猫獣人の私が王城で勤めることができるのは王子のお陰です』

ことあるごとにグナーデはそう言って、ミットライトに感謝を示す。

グナーデは貴族の子息であったが、ミットライトと同じく獣人であることで家督を継ぐことは出来なかった。貴族位を持たないとは言え、それなりの血筋の生まれだったために、城下へ出ることなくグナーデは王城への奉公に出された。

それを拾ったのがミットライトだった。我ながらかなり手間のかかる主人であることは自覚しているが、そんなミットライトにもグナーデは嫌な顔をせずに仕えてくれている。

『ミットライト様は国に仇なすような存在ではありませんから』

そう言ってグナーデはいつも微笑む。だからこそ、ミットライトのために働いているのだと。

そんなグナーデが城の中で集めてきた情報を報告した。

「国境付近の村で、狼の被害が出ているようです。その討伐に行くのではないかという話でした」

ミットライトは綺麗な顔の眉間にしわを寄せる。

「狼？　人里に？」

そう言えば、ミットライトの下へ来た嘆願書の中にも似たようなものがあった。

ミットライトの下へ来るのはあまり重要な領地ではないところからの嘆願書がほとんどだった。

故に獣の害を受けるというものも時折見かけたが、狼というのが引っかかる。

「きな臭いな」

紅茶のカップをテーブルに戻して、足を組んで座り直してからミットライトは言った。

報告された被害の状況は、突如現れた数頭の狼の群れが、まるで人を追い払うように家屋や田畑を襲い村に居られなくなってしまうのだという。

狼は基本森の中に居て人を襲うことはない。彼らは賢く、人間を襲っても得るものがないことを知っているのだ。

そんな狼に襲われて村から逃げ出したという報告が複数上がっている。

しかも、狼に襲われて無人になった村にはすぐに隣国の聖グランツ皇国の兵が駆けつけ占領されてしまう。

（まるで村から人がいなくなるのを知っていたかのようだ……）

しかし、狼を操るなどという事はそう簡単にできることではない。野生の強い狼たちは犬のように人間に従いはしないものだ。

（もし、狼を操れるとしたら……）

それは狼と同じ権能を持つ狼の獣人くらいだろう。

「グナーデ、聖グランツ皇国には獣人の兵は多いのか？」

グナーデは一瞬答えを躊躇ったが、自分の意見を率直に述べた。主人が求めているものだからだ。

「いいえ。聖グランツ皇国は人間の国です。獣人は奴隷でしかなく、騎士にも兵にも据えるとは思えません」

「そうだろうな……」

　国を守る騎士や兵士は名誉ある職だ。そんな栄えある立場に獣人を据えることはない。

　ミットライトの経験上でも、獣人が戦場に出るのは戦の末期であって、特攻をかけるような無茶な戦術が使われるようになってからだ。

「ですが、噂で聞いたことがあります」

「噂？」

「聖グランツ皇国の騎士団長は獣人だと……」

　グナーデはあくまでも噂ですがと断り置いてからその噂の話をし始めた。

　聖グランツ皇国は神子を信仰する国で、皇帝が最高権力者とされているものの、白き神子と呼ばれるリートゥスが治める「白き神子教会」とその神子を守護するための「白き神子騎士団」が実質的な支配を行っていた。白き神子と呼ばれるように、聖グランツ皇国では白は最高位のものが身に着ける色である。続いて位の高いものが身に着ける神聖な色が黒なのだという。

「で、その黒の話と獣人に何の関係が？」

　ミットライトは訳が分からずそう言うと、グナーデはもう一度噂ですからと言ってから話を続けた。

「騎士団長は黒い獣人なのだそうです」

「黒い獣人？」

「はい、黒髪、褐色の肌を持つ美丈夫なのだとか。それに優れた体躯に剣技にも長け、白き神子の寵愛を受けているのだとか」

よくある話だ。

人々に蔑まれている獣人が地位を得ようと思うなら、権力者に取り入り、その力を権力者のために発揮するしかないのだ。

（しかし、神子などという権力者に取り入れるほどの実力の主か……）

黒い獣人であるというだけでなく、騎士としての実力もきちんと伴っているのだろう。

「グナーデ、聖グランツの国内へ探りを入れることは出来るか？　そこまで実力のある騎士というのに興味がある。その騎士団長のことを調べるんだ」

「……はい」

こういう時のミットライトは言い出したらそれを取り消すことはない。

「さあ、グナーデ、奴らの皇都に探りを入れろ。もしかしたら良いものを手に入れられるかもしれないぞ！」

ミットライトはすっかり機嫌をよくして、グナーデにそう命じたのだった。

ミットライトの父である国王が治めるハイルング王国は大陸の西方に位置し、領土はそこまで大きくはなかったが、新興国で文化も産業も活気のある国だった。国土の多くが海に接しているともあり、大きな港を有し貿易も盛んで、所謂、富んだ国であるハイルング王国を狙う国は多かった。だが、国交も盛んであったため互いににらみ合いに落ち着いていた。

そんな微妙な均衡を保っている中、それを崩そうとするものが現れる。

それが隣国の聖グランツ皇国だ。

聖グランツ皇国にはリートゥスという神子が居り、白き神子と呼ばれて崇められていた。リートゥスは民の願いを叶え、祈りで戦を勝利に導くことで小さな宗教国だった聖グランツを大国にのし上げた。もちろん、戦いでの勝利は皇帝率いる皇帝軍が成し遂げたのだが、その傍らには常にリートゥスの姿があり参謀として皇帝を支えていた。そんなこともあって聖グランツ皇国でのリートゥスの地位は皇帝の次――いや、もしかしたら皇帝より上かもしれない。

実際に聖グランツ皇国が変わり始めたのは、白き神子リートゥスの支配する国になってからのことだった。最近になって急に勢力拡大に意欲を見せ始め、弱小国の取り込みとは違う、大戦争に発展する可能性のあるハイルング王国に手を伸ばしてきたのだ。

今はまだ小競り合いを超えるものは無いが、不穏な種火が燻ぶっているのは誰もが感じ始めている。

だが、まだ決定打が無いため、どちらも手が出せない。そんな状態にあった。

ミットライトがグナーデに命じて間者を聖グランツ皇国に送って半年、ミットライトが望んでいた良いものが手に入ったと報告があった。

「牢から出ろ」

冷たい石造りの牢の中に獄卒の声が響いて、軋んだ音を立てて扉が開かれた。足にかけられた重い鎖を引きずりながら、ヴィレ・ツーナイングは牢から出る。

ヴィレはここ――ハイルング王国の敵国にあたる聖グランツ皇国の騎士だ。捕虜として囚われ、敵国の王都まで連れてこられた。拷問や取り調べのようなものは無く、連れてこられてからずっと牢に閉じ込められているだけだった。

（外に出されたという事は……いよいよか）

多分、ヴィレはこのまま処刑される。

ヴィレは過去にあった他国との戦でいくつも功績をあげ祖国では英雄扱いだったが、それは即ち敵方の地では極悪人という事だ。

敵国の騎士団長の公開処刑。

戦の前のセレモニーにはうってつけだ。国民も兵士たちも士気が上がる事だろう。

「ぐずぐずするな！　こっちへ来い！」

ヴィレの首にかけられた鎖の端を持つ兵士が横柄に鎖を引きながら言った。この国においても獣人であるヴィレは人として扱われないようだ。敵国の騎士である上に獣人であることは、捕虜としては絶望的な状態だ。装備はすべて取り上げられ、薄汚れた殆ど布一枚の服に身を包んではいるが、ヴィレとて騎士としての矜持を失ったわけではない。

たとえ薄汚れたなりでも、最後まで胸を張って――。

「ん？」

違和感があった。

暗く長い通路を歩いた先にある大きな扉を兵士が開くと、ふわりと甘い香りが漂い、清涼な風が頬に吹き付けたのだ。

ヴィレの行く先は民衆の集まる処刑場ではないのか？

素足で歩かされている通路はどんどん様相を変えていく。苔の生えた朽ちた石畳から、美しく磨かれた白い大理石の床になった。

それどころか通路の壁は白塗りになり、彫刻の施された柱が高く聳え、周囲には溢れんばかりの花が飾られている。

ヴィレは呆然と辺りを見回しながら、鎖を引かれて歩を進めた。

美しい大理石の通路を進んだ先にはさらに大きな扉がある。

（これではまるで教会の礼拝の間か王城の謁見の広間のようだが……）

敵国の王城内の情報など知りようもなかったが、こうした儀式的な場所はどこの国も大差はない。美しく整えられ、飾られ、そこを訪れた者に国力の高さを見せつけるための場所だ。

扉が開き、さらに兵に鎖を引かれる。

こんな美しい場所で処刑をするのだとしたら、ハイルング王国は相当趣味が悪い。

「ヴィレ・ツーナイング！　こちらへ！」

一段高くなった壇上から声が降り注ぐ。

さらに顔を上げると、白い法衣を着た高位の宗教者らしき男とその奥には椅子に座った青年の姿が見えた。

その青年の姿を見て、ヴィレは一瞬、自分が囚われていたことを忘れそうになる。

(美しい……)

一瞬、少女かと見紛うような美しい顔。椅子に座ったままでもその優美さがよく分かるような佇まいだった。

「——御前である。頭を下げよ」

法衣を着た男の言葉と同時に、頭を強く殴られた。

「うっ!」

ヴィレを連れて来た兵士が、手にしていた警備用の杖で殴ったのだろう。憎々し気な声で「頭を下げろ!」と言われた。

「止めなさい。私の前で暴力は許しません」

凛と澄んだ声が響く。

「ミットライト殿下」

殿下と呼ばれた青年——というには少し小柄で幼げな男が椅子から立ち上がり前に歩み出た。

(この男がハイルング王国の白王子……)

この国でヴィレがミットライトという名前で知る人物はただ一人。

ハイルング王国第一王子のミットライト・ハイルング。

（たしかに、真っ白だ）

聖グランツ皇国でもミットライトの名は知られていた。隣国の獣人王子。真っ白に生まれたが、所詮は獣人。同じ白でもリートゥス様には及ばない、と。

ヴィレのいた聖グランツ皇国では白は高貴な色だ。その色を纏えるのは白き神子しかいない。だが、噂に聞いていた白王子は美しかった。

全身を高貴な色に包まれたミットライトは、神々しいと言うにふさわしい姿だった。柔らかな白金の髪、透けるような白い肌。山羊の獣人だというミットライトの頭にはすらりと伸びる山羊の耳と小さめな二本の角が生えている。異形の生命だと恐れられることの多い獣人だが、ミットライトの姿を前にしてはそんな気持ちも消し飛んでしまう。

白と銀で統一された衣装がキラキラと輝き、歩く姿も優美で、思わず視線を奪われた。

間違いなくこの青年が噂の王子だろう。

「騎士ヴィレ・ツーナイング、お怪我はありませんか？」

気がつくとミットライトが壇上から降りて、すぐ近くまで来ていた。

黄金のような深みのある金色の瞳が、じっとヴィレを見つめている。見つめあう瞳には銀色の睫が影を落とし、白い頬には仄かに赤みもさしていて、高貴な姫君にも劣らないその美貌。

ヴィレはその視線を感じただけで思わず頬が赤らんだ。

「……大丈夫なようですね」

そう言ってミットライトににっこりと微笑まれて、ヴィレは思わず目を逸らし頭を下げた。

これから処刑されるヴィレの前に何故この王子がいるのか理解が追い付かない。

「殿下、危険です。どうかお下がりください」

さらに一歩近づこうとするミットライトを隣にいた兵士が止めようとする。

「下がりなさい。近衛兵。殿下の御前であることはお前も同じです」

壇上から法衣の男の声が響く。

それに続いてミットライトがさらに一歩前にでて、少し芝居がかった仕草でヴィレの額にそっと手を触れる。まるで聖職者が祝福を与えるかのように。そして、一瞬ハッと目を瞠ってからよく響く澄んだ声で言った。

「騎士ヴィレ、お前に恩赦を与えましょう」

呆然と見上げるヴィレの額に手を当てたまま、ミットライトは悠然と微笑む。

いきなりの王子の言動に周囲の空気は凍り付いている。特にヴィレを引き連れて来た兵士たちの動揺は大きい。

しかし、そんな動揺を切り捨てるようにミットライトは言葉を続けた。

「今この時より、ハイルング王国国王の名において恩赦として拘束を解き、第一王子ミットライト・ハイルングの名において、我が侍従騎士に任命します」

ざわっとさらに空気が揺れる。

(侍従騎士？　ミットライト王子直属の騎士か？)

ヴィレは当たり前のことを頭の中で反芻した。

祖国を裏切り、敵国の王族に仕えろというのか。

(そんなことは決して許されない)

だが――。

それを無理だとすぐに切って捨てることができない。

騎士であるならばそんな裏切りは命をかけても拒否しなくてはならない。

(なのに……)

ヴィレはただじっとミットライトの金色の瞳を見つめることしかできなかった。

「ミットライト様」

グナーデに声をかけられて、思案に暮れていたミットライトの意識は引き戻された。

ミットライトの居城である離れの屋敷にヴィレを連れ帰った後、自室でぼんやりとしていたのだ。

「グナーデか――。ヴィレはどうなった?」

「今、女官たちが三人がかりで風呂に入れ、身だしなみを整えております」

「抵抗は?」

「特には。悪意のない女官相手に乱暴もできないという感じでした」

「ははっ、騎士らしいな。……真面目な男だ」

ミットライトは軽口をたたくが、グナーデはミットライトを案ずるような心配そうな表情のままだ。

「何か、お気になられることが？」

グナーデの言葉に、ミットライトは軽口をやめて真顔になる。

「グナーデ、お前に関しては心配していないが……余計なことは口外無用だ」

「はい」

「僕は哀れな捕虜に恩赦を与え救っただけだ」

「はい」

「それ以上でもそれ以下でもない」

「……畏まりました」

グナーデはこれ以上問うことはなく返事をしたが、ミットライトの気持ちは浮かないままだった。

(気になること？　そんなもの……)

ないとは言えない。

ミットライトはヴィレのことをグナーデから噂として聞かされた時点では、敵国の微妙な立場にいる騎士を何とか利用できないかと思う程度だった。グナーデに詳細を探らせてからは、少し同情心も湧いた。敵国の騎士であろうと獣人である彼の不遇な状況は少し探らせただけでも伝わってくる。

白き神子の寵愛を受けて騎士団長に召し上げられはしたが、獣人であるがゆえに陰では差別され、周囲に味方もなく、凡そ騎士団長の仕事とは思えないような汚れ仕事を負わされていた。しかも命にかかわるような危険な仕事も多い。

だから、ほんの少しだけ踏み込んだ。上手く接すればハイルング王国に寝返ることもあるのではないかと。少なくともミットライトの下にいれば、今の状況以下になることはない。

その後ミットライトの策略が功をなしヴィレが捕虜となったと聞かされ、実はこっそりと牢までヴィレの様子を見に行ったことがあったのだ。

その時のヴィレは捕らえられてすぐの状態でまだ薬で眠らされていた。噂通りの黒髪に褐色肌の獣人に興味を持ち、檻の隙間から手を伸ばし、その顔をよく見ようと額にかかる髪をかき上げた。それは本当に何気ない好奇心だったのだが――。

（僕の中に在るのと同じ神の力……）

額に触れたときに、自分の中の力と共鳴してわかった。

このヴィレが――自分と同じ転生を繰り返す最愛の男なのだと。

ヴィレだとわかってから、ミットライトは国王にヴィレの命乞いをした。敵国の騎士団長を捕らえ、恩赦を与えミットライトの配下に置き国に帰さぬことで、聖グランツ皇国の騎士団から団長を奪い、国に混乱を与えることができるだろうと奏上した。

ヴィレを助けないという判断はミットライトにはない。呪いから解放するのと見捨てるのでは話が違う。

だが、それがミットライトの心を憂鬱にさせる。

助ける以上関わらなくてはならない。今までも、今回も。

「私はミットライト様の従者。ミットライト様のお言葉に従います」

グナーデは憂鬱そうな顔のままのミットライトにそう告げると恭しく頭を垂れる。

聡い従者は何かを察したのかもしれない。必要以上のことは何も言わない。

こういう所が気に入っているところでもあるのだが、今はほんの少しだけ苦く思う。

誰にも話すことができない話を抱えているというのは非常に憂鬱なものだ。

「ヴィレには恩赦に見合う分だけしっかり働いてもらう。この先、知恵だけでは進めないこともあるだろう。せいぜい活躍してもらおう」

ミットライトは憂鬱を振り払うように精一杯シニカルな表情で笑って見せた。

「素直に従ってくれますでしょうか？」

グナーデの心配はもっともだった。恩赦を与えられたからというだけで、祖国に忠誠を誓った騎士団長が敵国の王子の為に剣を振るうとは思い難い。

だが、それに関してはミットライトには確信があった。

ヴィレはミットライトを裏切ることはしない——いや、出来ないだろう。

「それは心配には及ばない。ヴィレは僕に逆らえない」

「それは……」

この主人が根拠（こんきょ）のないことを言うとは思えなかったが、グナーデとしてはここまで言い切られてしまうと逆に気になる。

だが、ミットライトは本音を隠（かく）し、答えは軽口に変えた。

「案ずるな、グナーデ。僕は獣人だが魅了（みりょう）の魔術（まじゅつ）が使える。神子（みこ）に尾（お）を振る犬の調教など一発で成して見せよう」

獣人には魔術が使えない。魔術の使える獣は魔族とされる魔獣だけだ。

だが、ミットライトは自信満々に言ってのけた。

「王子が色々とご器用なのは存じておりますが、それはあまりにも……」

グナーデもその荒唐無稽（こうとうむけい）な話に呆（あき）れを隠せない。

だが、そのグナーデの心配は杞憂（きゆう）に終わった。

◆◆◆

「騎士（リッター）ヴィレ、少しはすっきりしましたか？」

風呂から上がったヴィレは先ほどの部屋とは別の部屋に通され、そこには優美な笑（え）みを浮かべるミットライトが待ち構えていた。恩赦を賜（たまわ）ったときに見た清楚（せいそ）で白く美しい青年。

だが、濃紺（のうこん）の天鵞絨（ベルベット）で誂（あつら）えられた長椅子（ながいす）に優雅（ゆうが）に座るミットライトに声をかけられても、ヴィレは真っ直ぐ前を向いたまま言葉を発しなかった。

湯浴みを終えて女官と共に戻ってきたヴィレは、牢に囚われていた時の汚れをすっかり落とし、元の精悍さを取り戻している。

ヴィレは生まれた時から聖グランツ皇国に育ち、戦で亡くなったが父は皇帝直属の近衛騎士だった。獣人として生まれはしたが、父には皇帝とそれを支える民たちのために在れと厳しく育てられた。獣人である以上、騎士になるのは無理だろうと思っていたが、父の戦死で庇護を失ったヴィレが追放されそうになったところを白き神子リートゥスの目に留まり「白き神子騎士団」へと召し上げられた。

騎士になってからも苦難の連続であったが、ヴィレは騎士としての矜持を強く持ち、常に母国のために自分のすべてをかける覚悟はできている。本来ならば捕虜となった時に自害すべきだったが、それを思い止まったのは父の言葉を思い出したからだ。

『どんな状態であっても、死を選べばすべてはそこで終わる。だが、生きてさえいれば必ず何かの役に立つ』

安易に死を選びプライドを守るより、汚泥をすすってでも生き延び、民のために戦えと。

(今は生きる時)

それはわかっている。どんなことがあっても、生きて母国に戻るために。

だからといって、敵国の王族に頭を垂れるには騎士としての矜持が胸に刺さる。

白き神子リートゥスに誓いを立て、民のために剣となり盾となって戦うという騎士の誓約がある。

　獣人であり、白き神子に忠誠を尽くす以外に母国で生きるすべはなかった。

　だが、それを措いてもヴィレは騎士であり、母国の民を守るということに疑いはない。母国のために。その思いを胸にヴィレは苦難を乗り越えてきたのだ。

　だから、ヴィレはミットライトの前に膝をつき、胸に右手を当てた。これは白き神子騎士団での最敬礼だ。

「聖グランツ皇国白き神子騎士団、騎士団長のヴィレ・ツーナイング。恩赦を賜り、命を救ってもらったこと、深く感謝する」

　これがヴィレにできる精一杯の返答だった。

「だが、私は皇帝陛下と白き神子に誓いを立て、祖国の剣となると誓った身の上、ミットライト王子に仕えることは……」

「あ、そういうのいいから。やめやめ！」

　ヴィレの言葉を遮って、今まで上品な笑みを浮かべて王族らしい優雅な所作で座っていたミットライトが立ち上がった。

　ミットライトの急な変貌にヴィレは面食らったが、ぐっと最敬礼の姿勢で耐えた。

　清楚な白王子がシニカルな笑みを浮かべて言い放つ。

「せめてもう少し清楚可憐な王子様でいてやろうと思ったのに」

　ミットライトはそう言って、ヴィレの頭を鷲摑みにした。

「なっ、なにを」

「グダグダ言わずに、お前は僕の奴隷騎士になるんだ!」

「うっ!」

ゴチンッという何かがぶつかるような重い音とヴィレの何かに耐えるようなくぐもった声は同時だった。

「王子⁉」

思わず見ていたグナーデまで声をあげた。

ミットライトが思いっきりヴィレに頭突きを食らわせたのだ。

「黙って、僕の言う事を聞け！」

「………………」

そう言われたヴィレは、返事をすることもできずに、頭突きのショックで気絶していた。

「あれ？」

予想以上の効果だったのか。ミットライトはきょとんとして気絶したヴィレを見ている。

「王子……山羊の全力の頭突きに耐えられる者はおりません……」

グナーデの言葉に少しやりすぎたかと反省するミットライトなのであった。

「気がつきましたか？」

グナーデが声をかけるとヴィレが少しうめくような声を漏らしてから目を開いた。

「ミットライト様、目が覚められたようです」

「そうか」

ヴィレの介抱をしていたグナーデの報告で、同じ部屋の中で本を読んでいたミットライトがほんの少しばつの悪そうな顔を上げた。

「ここは……」

「騎士様のお部屋です。大丈夫ですか？」

グナーデがヴィレの頭に載せていた濡れた布を交換しようとすると、ヴィレはそれを止めてから、ゆっくりと体を起こした。

「面倒をかけたようだ」

介抱に対する礼を言うが、話を聞くと、ヴィレは風呂に入った後ミットライトと話をしたあたりから記憶があいまいなようだった。

「僕の頭突きくらいで、だらしがないぞ、騎士ヴィレ」

「頭突き……」

ミットライトの言葉であの光景を思い出したのか、ヴィレは再び渋い顔をする。

雄山羊のような立派な角ではなかったので油断したのだろうか？　それとも王子という立場の人間がいきなり頭突きをかましてくるとは思わなかったのかもしれない。

「ミットライト様」

意外なことにグナーデが少し咎めるような声色で名を呼んだ。

「わかっている」

ミットライトはそう答えると本を置いて椅子から立ち上がった。ヴィレのいる寝台の傍に寄ると、ばつが悪そうな顔がより強まった。

ヴィレは何事かわからない様子で、ミットライトの顔を見ている。

「……悪かったな」

その小さな謝罪にヴィレは目を見開いて驚く。一国の王子が、非公式の場とは言え、捕虜ごときに謝罪の言葉を口にするとは。

それだけではない。ヴィレは獣人だ。

母国でも叱責されることはあっても、謝罪を受けるようなことは決してなかった。

そのヴィレの驚きの意味がミットライトにはよく解らなかったようだが、グナーデにはわかったようだ。

「ミットライト様はお仕えするに値する素晴らしいご主人様です」

グナーデはそう言って軽く胸を張った。

「騎士様」

そして真剣な顔で話し始める。

「あなたがこの国にいる間、命の保証が出来るのは王子だけです。王子の下を離れれば、敵国の騎士として処刑されるのは間違いありません」

「…………」

「ですが、王子の側で王子をお守りくださる限りは、あなたの御命は王子が必ず保証してくださるでしょう」

「……何故、そこまでして俺を侍従騎士に？　ミットライト殿下に他の騎士はいないのか？」

何故、こんな小さな離れで、使用人も少なく、どうして——。

ヴィレの言葉にはそんな疑問が詰め込まれているようだ。

「それは僕が獣人だからだ」

グナーデに代わって答えたのはミットライトだった。

「僕は見ての通り白山羊の獣人だ。この国では獣人が獣人だというだけで殺されることはないが、王族に生まれても王位継承権は与えられない。王子という名前だけの中途半端な存在だ」

ミットライトの言葉に、ヴィレは眉間にしわを寄せた。

「僕はここでは厄介者だ。獣人の使用人を寄せ集めた小さな屋敷で飼い殺しにされている。もちろん、僕に護衛などつかない。王城から出ることが許されていないからな」

ミットライトは不遇を嘆いているわけではない。明るい表情になって言葉を続けた。

「だが、これからはお前が僕の騎士だ。城外に視察に出ることもできる」

「しかし——」

「拒否の言葉は聞かない。これは命令だ。死にたくなければ僕に従え」

ミットライトははっきりと言い切った。こんなことをしなくてもヴィレはミットライトの言葉に逆らいはしないだろうが。

（ヴィレは――）

ミットライトの脳裏に記憶にある愛しい男の笑顔がよぎる。

しかし、その愛しい面影を打ち消すように言葉を強めてもう一度言う。

「別に忠誠など誓わずによい。ここにいる間は僕を守れ。それだけだ」

ミットライトの顔をじっと見ていたヴィレはほんの少しだけ厳しさを緩めた。

「俺はすでに皇帝陛下と白き神子に騎士の誓いを立てた身の上。だが、命を救われた恩義をそのままにはしておけない」

そう言うとヴィレは寝台から降りて、再びミットライトの前に膝をついた。

「この国にある間だけは御身をお守りすると約束しよう」

騎士の宣誓の仕草だろうか、ヴィレは右手を胸に当て宣言した。

ミットライトは複雑な気持ちでその様子を見て、「頼んだぞ」とだけ言った。

こうして、ヴィレは仮初めの侍従騎士としてミットライトの隣に立つこととなった。


形式的なことにはこだわらないと言うミットライトによって、騎士の宣誓の儀などは一切やらず、ただ、ヴィレが侍従騎士となったことだけが城内に知らされた。

口さがない者たちは白山羊の奴隷騎士と悪口を囁き合ったが、ミットライトもヴィレもそんなものは気にも留めていない。

ヴィレは仮初めの侍従騎士であることを約束した以上、雑念はすべて振り払いミットライトの守護に努めると心に決めている。

ミットライトはヴィレが護衛となったことで自由を手に入れることができるのだ。その喜びに比べれば、陰口など些細なことだ。今まで専任の護衛がいなかったために、ミットライトは自由に城外に出ることが許されていなかった。城外に出られるのは王族全体を守るための警備が展開される何かの式典があるときしかない。ミットライトだけで城下の視察など夢のまた夢。

それがヴィレという騎士を伴う事で、ミットライトは視察に行くことができるようになるのだった。

「王子の侍従騎士として、こちらをお召しください」

グナーデがヴィレに差し出したのは白い軽鎧だ。それに合わせてシャツもズボンも白で揃えられている。白はミットライトの御印としての色であり、白金の胸当てと剣を下げるためのベルトにはハイルング王国の紋章が入れられていた。

母国のものではない紋章を身につけることに一瞬躊躇いもあったが、それは仕方のないことだと気持ちを切り替えた。

慣れた手つきで装備を身につけて整えると、最後にヴィレは白いマントを着た。

「お前、白が似合わないな」

ヴィレが装備を整える様子をずっと見ていたミットライトは苦笑しながら言った。

ヴィレの印象は黒だった。

美丈夫と呼ばれるにふさわしい容貌。健康的な褐色の肌に、鼻筋の通った整った顔、意志の強さを思わせる眉。髪は深い蘇芳の色を帯びた黒髪。きっと、黒に瞳と合わせた金色の意匠が似合うだろう。

(黒い獣人であることが白き神子に気に入られたと言われていたが……確かに、自分の手元に置きたくなるような獣人だ)

狼の獣人であるヴィレには頭上にピンと立つ黒い耳があり、尾は豊かな被毛で覆われて艶やかだ。今までは獣人とバレてはいたが目立たぬようにと耳も尾も隠していたと聞いたとき、ミットライトはもったいないと思った。

そのくらいヴィレの獣人の証は精悍な容姿と恵まれた体躯と相まって素晴らしかった。

「しばらくはそれで我慢してくれ。お前に黒を着せると、白き神子騎士団のお前だと見做す者がいるんだ」

この国の人間にとって黒に身を包んだ騎士は敵国の騎士だ。

「悪いが剣もしばらくは封印を外すことは出来ない」

そう言ってミットライトから渡された剣は、鞘と柄が封印されていて剣が抜けないようになっていた。封印もかなり強固なもので、遠目に見ても封じられた剣だと一目でわかるようになっている。

「どこの城でも城内では特別なことがない限り抜剣は禁止されている」

今のままでは木刀のようなものだが、ヴィレはそれで十分だと言った。

「白き神子騎士団の騎士団長は剣の達人と聞く。よろしく頼むぞ」

「心得た」

ヴィレは御意とは言わないが、それを誰も咎めない。ミットライトもヴィレが今だけの騎士であることは百も承知だ。

それでも、ヴィレがいるだけでミットライトの望みは叶う。城下へ視察に行ける。民の言葉を直接聞くこともできる。ミットライトのこの世界での望みは獣人と人間が共存できる国を作ることだ。それはこの獣人への差別の激しい世界では難しいかもしれない。だが、ほんの小さな国でもいいから獣人と人間が共存できる国――ミットライトはそれを強く望んでいた。

（本当はこのハイルング王国がそうなればよいのだが……）

王位継承権もないミットライトではこの国を動かすのは難しいかもしれない。

だが、何らかの功績をあげれば、ミットライトの言葉に耳を貸す者たちが増えるかもしれない。そうやって味方を増やし、いつかはそうした者たちと独立するのでもいい。その為にはまず悪化しようとしている戦火の種をつぶさなくてはならないのだ。

（獣人が安心して暮らせる場所を――）

ミットライトは必ず獣人として生まれる。正しくは獣人ではないかもしれないが、神子である為にその証の仔山羊の角を持って生まれる。

神子の影響力が強い時代に生まれた時は、ミットライトは獣人として扱われるよりは神子として扱われていた。その為に強い差別を受けることもなく、また神子と同じという事で獣人たちもそこまで迫害されたりはしていなかった。

しかし、今や神の息吹は遠くにあり、信仰も形式的なものとなり、施政者の手段の一つとなり果てている。

そんな中にミットライトが山羊の角を持って生まれても、神子として扱われるよりは獣人として蔑まれるほうが多くなり、神子と同じ姿だからと許されていた獣人が、異形のバケモノとして扱われるようになっていった。

（同じ命であるのに……）

獣人が差別されているのはミットライトのせいではない。

だが、ミットライトが神に呪われ、神の存在が遠退いたせいで、獣人という存在が変化したとも思う。その償いではないが、せめて獣人たちを救いたいと思うのだ。

そんなことを思いめぐらしていると装備を整え精悍な顔でこちらを見ているヴィレと目が合った。

（今世はヴィレも獣人だ……）

それを思うと胸が苦しくなる。

初めてヴィレを見たときに、ミットライトの中に何か予感のようなものがあったのかもしれない。どこか懐かしく、胸が騒ぐような予感。ヴィレはミットライトの最愛の人——あの最初の世界で共に呪われて転生を繰り返すあの男の生まれ変わりだと。

そして、ヴィレの額に触れた時に感じた共鳴。牢で初めてヴィレを見たときに感じ、二度目に神殿で恩赦を与えるときに再び額に触れて——それは確信に変わった。

それと同時に彼の中にある力についても感じ取る。それはミットライトの中に宿る神の力と同じものだとわかったのだ。

ヴィレはもちろん神子ではないはずだが、ミットライトと最初の世界で情を交わし合った時から彼の中にもミットライトと同じものがわずかに宿るようになった。二人の力は触れ合えば共鳴しあい、記憶のあるミットライトにはそれとわかる。

最初の転生でヴィレと再会した時は、ミットライトに与えられた神の力は今よりもずっと強く、額に触れずとも目の前にいる男が最愛の男の生まれ変わりだと分かった。まるで雷に打たれたかのようにミットライトの中のすべてが、そこにいる男こそがヴィレだと指し示したようだった。

だが、ヴィレはミットライトに気が付かなかった。

すべての記憶を持って転生したミットライトと違い、ヴィレは全く前世での記憶を持っていなかったのだ。

しかし、記憶がなくとも共鳴だけは感じるのだろう、見知らぬはずのミットライトをどこか信頼しているような素振りを見せる。

(だが……)

ミットライトの心中は複雑だ。

ヴィレに再会できたことは嬉しい。だが、素直に喜ぶことはできない。

こんな呪いはミットライトだけでいいのだ。記憶がないということは、ミットライトに再会さえしなければ、ヴィレは転生の呪いとは関わりなく普通の人生が過ごせる。

だからこそヴィレを呪いから解放しなくてはと思う。

これはいつの世界で再会しても思う事だ。

ヴィレはミットライトの呪いに巻き込まれたに過ぎない。純朴で一途にミットライトを慕ったがために、死にゆくミットライトを見捨てられずに巻き込まれてしまっただけだ。

そんな呪いから解放されてほしいと強く思う。

そして、ヴィレが呪いから解放される方法もミットライトは知っている。

いつの世界でもそれを望んでいるのに——。

(僕が弱いせいだ……)

ヴィレの、愛しい人の手を放すことができない。

長く転生を繰り返し生きてきたミットライトは、何か大きなことを成そうなどとは望んでいない。今生きている世界で、平穏に生き終えることができればそれでよかった。

それならばどこか山奥にでも引きこもって隠遁して暮らすのが一番であるように思われるが、

ミットライトはそんな風に穏やかに生きられるところに産み落とされることがなかった。どの世界でも王族、貴族、領主などの権力者に近いところに生まれ、戦や飢饉といった災禍を乗り越えなくてはならない。上手く災厄を乗り越えられず命を落としても、また同じような世界で同じような災禍に見舞われる。

そんなことを繰り返しているうちに、ミットライトは経験を積み、何とか生き延びられるようになっていった。

(これも呪いのうちなのだろうな)

幾度転生しても、ミットライトの額には仔山羊の角が生えている。転生前のそれは神子の証だった。最初の世界で神子だった時のように大規模な奇跡を起こすほどの力を感じることはないが、それでもわずかながら特別な力が自分の中にあると感じる。

(この力がある限り、平穏など訪れない)

神の僕として転生し、罪を償うように世界に尽くす。それがミットライトに科せられた呪いなのだ。ヴィレがそれに付き合う必要はない。

だが、どうしても、ヴィレに出会うと愛しさが募り突き放すことができない。

憂鬱な何かが胸の奥に積もって行くようで、ミットライトはいつしか倦んだ気持ちの晴れぬままとなっていた。

(……だが、今それを憂いても仕方ないか)

ミットライトは一つため息を吐くと、皮肉気ににやりと笑い、倦んだ気持ちを振り払うように言った。

「では、僕の騎士を見せびらかしに行くか！」

ミットライトの中にあるものを、誰かに見せる必要はない。

「重鎮どもにお前の晴れ姿を見せつけてやろう」

ミットライトは親しき者にはわがままを言い、城内では猫をかぶり気弱な白山羊王子であればいいのだ。

「あまり、無茶をなさいませんように」

グナーデの心配そうな声を背に、ミットライトはヴィレを伴い、さっそく王城へと向かう。

（今はこれでいい……）

心の中が倦んでいても——今は。


「ミットライト殿下」

ミットライトが王城内に入ると、すぐに聞き覚えのある苦々しさを含んだ声がミットライトを呼び止めた。

（来たな）

ミットライトには声のした方を振り返る前から、その声の主が誰かわかっている。

もちろん呼び止めたのはドンナー宰相で、獣人とはいえ王族であるミットライトへの敬意など微塵も感じられない不遜な態度だ。

「なんでしょう？　ドンナー宰相」

いつもの通り、ミットライトは宰相の不遜な態度を叱ることもなく、皆に見せるやわらかな極上の笑顔で返した。

だが、ドンナー宰相はミットライトの後ろにぴったりと影のように立つ男が目に入ったのか、眉間に深いしわを寄せる。

「何か国王陛下に御用ですかな？」

これもいつもの通りだが、今日のミットライトは違う。

「それを宰相にお話しする必要がありますか？」

ミットライトは愛らしい笑顔はそのままに、辛辣な声色で宰相に言い返した。

「なっ……」

宰相はミットライトの反抗的な言葉に一瞬言葉を詰まらせてから、顔を真っ赤にして睨みつけてきた。

「陛下はお忙しくしていらっしゃるんだっ、お前のような……」

「宰相閣下。お戯れを」

暴言を吐きかけようとする宰相を遮るように、ミットライトの目の前にヴィレが割って入り立ちはだかった。

「王子の御前にございます」

「それが何だっ！　このグランツの黒犬がっ！」

宰相は思いがけぬ反抗に冷静さを欠いてヴィレが騎士であることも忘れたのか、口汚く喚きながら手にしていた杖を振り上げた。

「失礼」

ヴィレの声とガツッという何かを打つ音がしたのは同時だった。

思い切り振りおろされた杖を、ヴィレは鞘に納められたままの剣で軽く受け止めた。ヴィレは涼しい顔でそれを受け止めたが、宰相はその衝撃で足元がふらつく。そのまま尻もちをつくかと思われたが、なんとヴィレは宰相をそっと受け止め転倒を防いだ。

「お気を付けを」

静かにそう言ってミットライトの後ろに戻るヴィレの所作に無駄はなく、所作を見ただけで城内にいる騎士たちと比べてもかなり格上であることは誰の目にも明らかだった。

（さすがヴィレだ）

言葉にはしなかったが一連の様子を黙って見ていたミットライトは満足げに微笑む。

そして、ヴィレの力量は激昂していた宰相にも感じるものがあったようだ。

「獣王子の犬が」

宰相が吐き捨てるように言った言葉に、ヴィレはびくっと肩を震わせて何か反応しようとしたが、今度はミットライトが割って入り声をかけた。

「ドンナー宰相。私の騎士の非礼は私がお詫びします」

　ミットライトは反抗的な態度を隠して、宰相に恭しく頭を下げる。

　わざとらしく芝居がかった仕草だが、美しい容姿のミットライトがすると思わず見惚れてしまいそうな優雅さだった。

「それでは、私たちは先を急ぎますので、失礼」

　虚を突かれたのかぼうっとしている宰相を置いて、ミットライトはヴィレを連れてさっさと国王の執務室へと足を向ける。こうなると宰相はもうミットライトを呼び止めることは出来なかった。

（獣王子の騎士にあしらわれ、獣王子に馬鹿にされて、しばらくは思い出すたびに怒りが沸き上がるだろうな）

　いい気味だと、ミットライトが心の中でほくそ笑んでいると、ヴィレが小声で謝ってきた。

「申し訳ございませんでした」

「何を謝る？」

「ミットライト様に頭を垂れさせるような真似を」

　ミットライトは周囲にわからないように、ヴィレの言葉を小さく鼻で笑った。

「気にするな。お前は僕を守ればいい。お前のことは僕が守る」

　そういう約束だと言うと、ヴィレは黙ってそっと胸に手を当てて騎士式の礼で応える。

　仮初めの主であっても、主は主。ヴィレの役目は暴力からミットライトを守ることだが、言葉によってミットライトが傷つけられることにも胸を痛めているようだ。

(生真面目な男だ)

記憶がなくても、どこの世界に転生しても、ヴィレは真面目で勤勉だった。記憶を受け継ぎながら転生するミットライトと違い、ヴィレは過去の記憶は引き継がれないのに性質は変わらないのだ。

(でも、記憶がないはずなのに、剣技は変わっていなかった)

ミットライトは先ほど宰相を相手に見せた剣捌きを思い返す。最初の世界にいた時から、ヴィレの剣術は素晴らしいものだった。幾度も転生してゆくうちに、その技には磨きがかかったようにも思われる。

(ヴィレ……なのだな)

ミットライトと共に在る最愛の人。記憶がなくてもその存在は変わらない。

思わず笑みがこぼれた。

「ミットライト様？」

「ん？　ああ、大丈夫だ」

そんなことを考えていて少しぼうっとしていたのか、心配したようにヴィレに声をかけられた。ミットライトは思案をやめてそう答え、シニカルないつもの笑みを浮かべて俯けていた顔を上げた。

「さて、次の門番の対応はどうかな？」

国王の執務室の前まで来て足を止める。扉の両脇には王の警護の為の騎士が立っていた。いつもなら、宰相と同じように声をかけて門前払いを画策してくる。だが、今日は黙って立っているだけだった。

そしてその視線はミットライトの後ろに釘付けになっている。騎士たちには剣を交わすまでもなく、ヴィレの実力が読めるのかもしれない。

ピンと張り詰めた空気の中、ミットライトは再び優美な笑みを浮かべた。

「私の騎士とやり合うつもりはないようですね」

ミットライトは機嫌よくそう言うと、執務室の扉に手をかけたのだった。

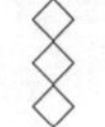

ミットライトの実父である国王は悪辣な人物ではない。

獣人であるが故に王位継承権こそ認めなかったものの、ミットライトの王子としての待遇は守った。

宰相を始めとする臣下たちと一部の領主たちが獣人を排除しようとする動きを見せているが、それを止めているのも国王だった。

捕虜となった聖グランツ皇国の騎士団長を自分の配下に置きたいとミットライトが望んだ時にも、高貴な白を纏って生まれたミットライトを庇護しようとしている教会の力を使って何とか願いを叶えてくれた。

しかし、人間たちの獣人に対する差別は根深く、表立って獣人であるミットライトを庇うことは出来なかった。

ただ、それだけなのだ。

「父上は僕の敵ではない。お前に恩赦を与えた時に一緒にいた司祭たちもだ」

国王との話が終わり、自分の執務室へ戻ってきたミットライトは、何かもの言いたげにしているヴィレに話し始めた。

獣人だからと冷遇されているのに、国王はミットライトの希望を叶えている。今、許されたばかりの城下の視察から、敵の捕虜であるヴィレへの恩赦まで。王位継承権がないとは言え、王子としての地位も与えられている。

「だが、敵ではないが味方とも言い難い。彼らは何かあれば、多分、獣人の僕を守り切れない」

例えば、戦火が広がり、城下まで敵の手が迫った時には、ミットライトより他の人間の王子たちを優先して動くだろう。

今日も執務室を訪れたミットライトに微笑みかけもせず、あとは実務に関する話のみで対話はあっけなく終わった。その話し合いで、ミットライトは王子としての責務であると王を説得して城下の視察の許可を得たが、王は出来ればそんな王子としての責務なども放棄して静かに離れで隠遁していてほしいと思っているようだった。

そんな気配が会話の端々に滲んでいた。

それでもミットライトが王城内である程度自由にできるのは教会の後ろ盾もあった。ハイルング王国にも聖グランツ皇国と同じような古い伝承があり、そこには奇跡の神子の存在が伝えられている。神子に関する伝承は実は大陸に広く伝えられており、「白き神子」「奇跡の神子」「光の神子」などと少しずつ形を変えて伝わっているが、本来は一つの物語だったのかもしれない。共通するのは白い髪と白い肌と白を纏って生まれることであり、神の力をもって世界を救う事だ。

その伝承があるために、教会は白を纏って生まれてきたミットライトを邪険にはしない。かといって獣人であるミットライトを神子と祀り上げることもできない。白き神子リートゥスはミットライトが生まれるより前から神子としての能力を発揮しており、祀り上げているのは聖グランツ皇国ではあるが、大陸の神子伝承を持つ国々は白き神子リートゥスをこの世界で唯一の神子として認めていた。そこに後から生まれた獣人のミットライトを神子だと言うことは出来なかった。下手に獣人を神子として祀り上げれば、民の反感を買い、ミットライトの存在が危うくなる可能性が高いからだ。

「僕が獣人でなければ、もう少し違ったかもしれないがな」

「…………」

ヴィレはじっと黙って、物憂げに語るミットライトを見ていた。

聖グランツ皇国でも獣人への差別は強い。むしろ、ハイルング王国よりも差別が強いと聞いている。獣人でなければというミットライトの言葉に、ヴィレも思うところがあるのかもしれない。

「まぁ……もしもの話をしても仕方がないな。僕はこれからやらなくてはならないことがある」

「やらねばならぬこと？」

ミットライトは思わず問い返したヴィレに向かってにやりと微笑み返す。

「僕は獣人への差別をなくし、獣人と人間が共存できる国を作る」

「っ！」

ヴィレはその言葉に目を瞠った。

獣人の国ではなく、獣人と人間が共存する国。小さいが獣人だけの国は今でも存在する。だが、そこは差別の度合いが逆になっているだけでしかない。しかも目指すのは共存。差別をなくし、獣人と人間が平等に暮らす国。

「何を驚く？　獣人の成り立ちはお前も知っているだろう？　獣人も人間に変わりはないんだ。それが共存するのはあるべき姿のはずだ」

「それを……本気で？」

「もちろんだ」

ミットライトは真っ直ぐにヴィレを見つめて言った。

「その為にお前にも働いてもらうからな、騎士ヴィレ。まずは城下の視察だが、近いうちに国境まで行くことになるぞ」

「…………」

ミットライトの目的には驚いたようだが、ヴィレは深く話に踏み込んではこない。

仮初めの主の話と思っているからか、夢物語と受け取っているのか。ヴィレの真意はわからないが、ミットライトはそれでも構わないと思っている。深くかかわらずとも騎士として働いてくれるだけでいい。それ以上多くは望まないし、望まない方が良い。

（ヴィレとは一定の距離を置くべきだ）

ヴィレはいつかミットライトの下から離れなくてはならないのだから。

数日後、ミットライトはヴィレを伴い、さっそく城下の視察に出た。

ミットライトは帽子で角と耳を隠し、服装も貴族らしくはあるが質素なものを着ている。ヴィレも悪目立ちする白い騎士装備ではなく、質素な服の上に革の胸当てと籠手に剣を下げ、マントを羽織っただけの姿をしていた。

グナーデは同行せず、今日はミットライトとヴィレだけだ。

「ミットライト様、出来るだけ私から離れないようにお願いいたします」

「ヴィレ、様はやめろ。あと話し方も。貴族の子息と護衛の従者くらいでいろ」

「……従者なら主人に敬称はつけます」

「生真面目な奴め」

ミットライトはそう言うとムッとした顔になる。

城下とは言え油断は禁物だ。それはミットライトにもよく解っている。

(だが、もう少し昔のように……)

そこまで思ってハッとなる。ヴィレに何を望んでいるのか。

それを望んではいけないと、ミットライトは気を取り直して言った。

「僕もそこまで馬鹿じゃない。今日は大人しくしているさ」

「ずっと大人しくしていただけると助かります」

「ははっ、いいぞ、その調子でもう少しお前は喋り方を変えろ」

ミットライトは揶揄うようにそう言ったが、不意に真顔に戻って少し声を潜める。

「おい、ヴィレ」

「はい」

「気づいているか?」

「……はい」

ヴィレは何にとは言わない。ちらりとミットライトの目線の先を確認して、それだけで意図を覚ったようだった。

ミットライトが気にしていたのは、荷役たちだった。ここから港はそう遠くないので、この辺りに荷役たちがいること自体は不思議なことではない。

問題はその中にあった。

「あれは、グランツの兵か？」

「…………」

ミットライトの問いにヴィレが答えないことが答えだった。

荷役に体格の良い人間が多いのはわかるが、同じ体格の良さでも、荷役を行うものと兵士では身体つきが違う。ミットライトが気になったのは、街の中で見かける荷役に交じって兵士と思われる人間がいることだった。

ハイルングの兵士が荷役などになることは考えられない。騎士や兵士はこの国でも上位職だ。それこそ獣人も交ざるような下位職の荷役などを掛け持つことはありえない。

「僕が思っているより、事態は深刻なようだな」

今まで城の外に出ることのなかったミットライトには、この街の様子を今まで知ることは出来なかった。

荷役との身体つきの違いなど、気にする者はほとんどいない。問題行動でも起こさない限り、荷役の出身が問題になることもない。

しかし、この国の人間ではない兵士と思われる者が交ざりこんでいる。

これを城の連中は知っているのだろうか？

城下の警備のために巡回を欠かさぬ騎士団の連中は？

（そこまで気が回らないか……）

長きを生きたミットライトから見れば、この国はまだまだ経験が足りない。

金勘定はできても、戦争の経験がほとんどないために、警戒も隅々まで行き渡らない。

(きな臭さを感じているのは僕だけか)

ヴィレも気がついているようだった。

流石にいくつもの戦争を乗り越えた国の騎士で、戦闘経験だけで言えばハイルング王国の騎士たちは足元にも及ばない。ヴィレが騎士団長という特に優れた地位につけるほどの騎士であることもあるが、細かいところまで気づける観察眼があり、その結果から推測する能力がある。

(これが戦に強い国との差なんだ……)

転生を繰り返し、幾度も戦を乗り越えてきたミットライトからしたらハイルング王国の在り方は歯がゆいばかりだ。

「ミットライト様！」

鋭い声で名を呼ばれて、ミットライトはハッと我に返る。

それと同時にミットライトの前に立ちふさがるようにヴィレが動いた。

ぎゅっと強く抱きしめられると同時に、ドサッと何か重いものが落ちる鈍い音。

「ヴィレ!?」

「大丈夫ですか？　お怪我はありませんか？　ミットライト様」

「怪我？」

ヴィレの腕の中、マントの陰から見ると足元に土が詰められた袋が落ちている。袋の大きさは人の頭くらいあり、直撃を喰らったら無傷では済まない。

「土嚢が落ちて来たのか……お前の方こそ怪我はないか？」

「大丈夫です」

ヴィレの顔を見て無事を確かめたくて顔を上げると、ヴィレのさらに向こうに影が見えた。

「ヴィレ！　壁に寄れ！」

「はっ！」

ミットライトの声に応えて、ヴィレはミットライトを抱えて素早く建物の壁に寄った。その直後、ドサドサと屋根の上から先ほどと同じ土嚢が落ちてくる。建築中の建物の屋根に積まれていた土嚢が崩れたようだ。

辺りに悲鳴が響き渡る。土嚢はミットライトたちを掠めるようにして道に落ちてくる。

「きゃああああっ！」

ひときわ高い悲鳴にミットライトが声のした方を見ると、落ちてきた土嚢で足を怪我したらしい女性がいた。女性は子供を抱いていて、土嚢が落ちてくるのはまだ収まらない。

ミットライトは咄嗟にヴィレの腕の中から飛び出した。

「ミットライト様!?」

ヴィレが叫ぶ声を背に、ミットライトは怪我をした女性の方へ走る。

山羊の獣人であるミットライトは山羊の身体能力を権能として発揮することができた。

ミットライトは積もった土嚢を山羊の脚力で軽々と乗り越え、その上で女性の上に落ちてきた土嚢を蹴り飛ばした。

しかし、不安定な土嚢の上、足場に選んだ土嚢はミットライトの着地を受け止めきれず足元は再び崩れた。

「うわっ！」

土嚢はまだ落ちてくる。何とか自分の身を守るために頭を腕で覆うが、次に襲ってくるはずの衝撃はなかった。

その代わりに影に視界をふさがれ、ふわりと体が浮いた。

「無茶を……」

恐る恐る目を開けると、再びヴィレの腕の中に抱きかかえられていた。

「ヴィレ……!?」

ミットライトを庇ったときに傷ついたのか、ヴィレの額からは血が滴っている。

「お前、怪我をっ」

「大丈夫です。それより、早くこの場を立ち去りませんと……」

騒動に気が付いたのか離れたところから人が集まってくる気配がする。

「女性も無事のようですので、急いで」

「あ、ああ、わかった」

騒ぎの最中にミットライトは帽子を無くしてしまっていた。今のミットライトは街の人間から見たら人間のエリアに入り込んできた獣人でしかない。その上、知る者が見れば白い姿と山羊の角で王子だと正体がバレる危険があった。

「こちらへ」

ミットライトを胸に抱いたまま、ヴィレは人の気配が近寄るのとは逆の方へと走り出し、しばらく複雑な路地を抜けて、人気の無いところまで来て、やっと足を止めた。

「ミットライト様？」

ヴィレに心配そうな声をかけられて、ミットライトは初めて自分が震えていることに気が付いた。気を強く持ってはいたが、土嚢の落ちる鈍い音を思い出すと、ヴィレに庇われなければ死んでいたのだと恐怖がわきあがる。幾度も転生しているとはいえ、やはり死ぬという事は恐ろしい。それはもう理屈では説明のできない本能的な恐れなのだろう。

ミットライトは幾度か大きく息を吐くと、震えそうになる声を抑えながら言った。

「大丈夫、だ。今日はこのまま城に戻ろう」

「ですが……」

ヴィレはミットライトの大丈夫という言葉だけでは安心できないようだった。

ミットライトはもう一度大きく息をすると何とか笑みを作った。

「大丈夫だと言ったら大丈夫だ。しつこいぞ、ヴィレ」

「……はい」

ヴィレはそう返事はしたもののまだ心配そうにしており、とんでもないことを言い出した。

「城へは戻ります。ですが、ミットライト様を馬車へお連れするまではこのままで」

「はぁっ!?　そ、そんなっ、大丈夫だ……」

「失礼いたします」

ヴィレはもごもごと暴れるミットライトをしっかりと抱きかかえる。こうされてしまうと、ミットライトも身動きが取れない。

ヴィレの腕から離れて自分で歩かなければと思う。

しかし、抱きしめられるこの胸の温かみは離れがたいものがある。

（ヴィレ……）

ミットライトは仮初めの主だ。これ以上、親しげなことはしないほうがよい。ヴィレには深入りするべきではない。

だけれど、それと同時に、このまま抱きしめられていたいと強く強く思う。

（こんなことは……）

相反する気持ちに混乱しながら、ミットライトはただ黙ってその腕の中にとどまり続けてしまった。

無事、王城に戻ったミットライトは戻るなり自室に閉じこもった。

心配するグナーデも追い出して、寝台に突っ伏したまま頭を抱え込んでしまった。

（どんな顔をしてヴィレに会えばいいのだ）

ヴィレは騎士として主を守っただけだ。

それ以上でもそれ以下でもない。――はずだ。神に逆らい、ミットライトを腕に抱き、神に刃を向けた男。ミットライトにとっても長い長い記憶の中を共に過ごしてきた男。

だが、これはいつものことなのだが、記憶を持ったまま転生を繰り返すミットライトとは違い、ヴィレはその生を終え次の世界へと転生すると全てを忘れてしまう。

(今回も、僕のことは何も覚えていない)

それは一目見た時に分かった。

ミットライトを見てもヴィレの瞳に感情の揺らぎはなかった。

だから、その度に思うのだ。

(この世界でこそ、ヴィレを呪いから解放する)

記憶がなくとも、ヴィレはミットライトと出会ってしまうと必ず共に災厄に巻き込まれることになる。ミットライトとある限り平穏な人生はあり得ない。最初の世界からずっとミットライトのために生きて死ぬ事になってしまっている。

(このままじゃダメなんだ……)

今回の世界でも二人は巡り合ってしまった。

グナーデが見つけてきた騎士が捕らえられ、その男の額に触れてヴィレだとわかった時の絶望。

騎士団長がヴィレだと分かった以上、そのまま関わらないようにすることもできたが、ミットライトにはこのまま見過ごすことはできなかった。

ヴィレだとわかる前から、騎士団長が危険な立場に立たされているのは知っていた。白き神子の寵愛を受け騎士団長に召し上げられても、獣人であるヴィレは聖グランツ皇国内では非常に厳しい状況にあった。周囲に味方はなく、騎士団長の仕事とは思えないような汚れ仕事を負わされて、このままでは危険な任務の連続の中で力尽きて行くのは目に見えていたのだ。敵国に潜入し、一人で村を焼き払うような仕事をやりたいと思うはずがない。その結果、ヴィレは何らかの方法で狼たちを村にけしかけ、住民を追い出すようなことまでしていたのだ。

(きっと、敵国の民であってもむやみに殺したくはなかったのだろう……)

そういうところも間違いなくヴィレが転生した男だと思わされた。それを知ったからこそ、ミットライトはヴィレを自分の側で守ることにした。

しかし、それと呪いを解くことは別だ。呪いさえ解ければ、ヴィレを解放できる。

そして、ミットライトとヴィレに続くこの転生の呪いを解く方法をミットライトは知っていた。

(互いに別れ、別の伴侶を得て子を生す……)

別の伴侶と結ばれ子を生すことは、新たな血脈を生み、無限の転生からは外れ、次へ続くための礎になること。

記憶をすべて持ち、ヴィレを愛した記憶だけがこの無限の呪いの中での慰みであるミットライトには、他者と結ばれることは出来なかった。どんなにこれはヴィレの為でもあるのだと思

って も、自分からその一歩を踏み出すことは出来なかったのだ。

記憶のないヴィレが新たな伴侶を迎えてくれたらと願う。ミットライトを愛した記憶のないヴィレならば、この世界で新たな出会いと結ばれることも可能なはずだ。

(それがすべてを終わらせる唯一の方法)

だから、ミットライトはヴィレを愛することはない。

そう心に決めていたが——。

苦しい。辛い。だが、それを言ってもヴィレはまた忘れる。

幾度巡り合っても、最初はいつもヴィレはミットライトを知らないのだ。どんなに思いを紡いでも、どんなに愛を交わしても、手を取り合って最期を迎えたとしても、ヴィレはすべて忘れてしまう。

それでも、ヴィレは必ずミットライトの為に尽くしてくる。どんな立場に生まれても必ず巡り合って思いを寄せてくれる。自分を案じて見つめてくるヴィレの瞳を見てしまったら、それを無視することは出来なかった。

二人の瞳の色は同じ金色だ。しかし、ミットライトの瞳とは違い、ヴィレの瞳は意志の強さを宝石に変えたような輝く琥珀。最初の世界から何度転生してもミットライトを見つめ続けていた瞳。

でも、その瞳を拒まなくてはならない。この呪いから解き放たれるためにも。

「大丈夫……」

今度こそ、ヴィレをこの呪いの鎖から解放する。

ミットライトは顔を上げて呟いた。

「必ず……」

今度こそ手を放す。

一晩経って、気持ちの落ち着いたミットライトは王城内にある執務室で役人と話をしていた。

ミットライトとしては仕事のし易さは居城にある書斎が一番なのだが、王城内に姿を見せる事もまた必要なことなので、毎朝決まった時間にグナーデを伴い執務室へと向かう。

ヴィレが来てからはミットライトにつくのはヴィレの役目となっていた。

王子の執務室としては質素な方かもしれない。部屋の奥に置かれた執務机、その前には応接用の長椅子とそれに合わせたローテーブル。絨毯と長椅子は濃紺で統一され、細かな装飾に金が使われる程度で、全体的に落ち着いた雰囲気になっていた。

そこに差すやわらかな陽の中、ミットライトが微笑む。

「――では、こちらの書類をお願いします」

ミットライトから書類を受け取った役人は、その極上の笑顔に、書類を持ったまま、ぼうっと見惚れてしまった。

ミットライトは獣人であることで貴族や宰相たちからは冷遇を受けていたが、下級役人や下働きの使用人たちには人気があった。

儚げな姿に、極上の笑顔、物静かで言葉も優しく、身分の上下を気にせず接する。

離れから王城の執務室へ向かう渡り廊下では、よく使用人たちとすれ違う事があったが、皆が頭を下げて畏まると「今日もありがとう」などと声をかけるのだ。

厨房の使用人たちには食事が美味しかったと伝え、家事を担う使用人たちにはリネンの香りが良かったとか掃除が行き届いていて気持ちが良いと礼を言いながら微笑みかける。

それだけで皆が見惚れて、ミットライトから目が離せなくなる。

もちろん、ヴィレやグナーデに見せるわがままで横暴なところのある姿は微塵も感じさせない。

完全に装われた清廉な純白の王子様だった。

とはいえ、ミットライトが民を常に気にかけて、民のためにと働いているのは間違いなかった。ミットライトが手掛ける事業は殆どが街に住む民のためのものばかりだった。水不足が懸念されると訴えがあればすぐに水路の整備を行い、農民から不作の訴えがあれば土壌の改善や肥料についての専門家を送った。

ミットライトにしてみれば、長く生きているために、大抵のことの対処方法は心得ている。それを発揮して民のために働いた。

人間であろうと獣人であろうと民は民。ミットライトは王族に生まれた義務をきちんと果たしていると言える。

「考え事か？」

書類を持った役人を送り出した後、気難しい顔をしたままじっとミットライトの横に控えていたヴィレにミットライトは声をかけた。役人との話に不穏なものは何もなかった。それなのに渋い顔をしているという事はことは関係ない話のことだろう。

ミットライトの問いかけに、ヴィレは少したためらった様子を見せた後、言葉少なに答えた。

「……先日の街での出来事を思い出しておりました」

「あぁ」

ミットライトはそれを聞いて少し顔を曇らせた。

兵士の交じった荷役たち、建築現場での崩落事故、考えてみれば怪しい事ばかりだった。

「あれは、事故ではないということか」

「おそらく」

建築途中の建物の屋根に土嚢があるのはおかしなことではない。積んだレンガが乾くまで固定するために使うものだと言われたら疑いようがない。

だが、あの場にいたミットライトは土嚢が崩れたことを警告する声を聞いていない。

あれが本当に事故で、そこに居たのがただの職人ならば土嚢が落ちた時に声をあげるはずだ。

「……何か知っているのか？」

街での出来事について渋い顔で考え込んでいるというのならば、ヴィレは何かを知っているのだろう。

ミットライトはヴィレの目を真っ直ぐに見つめて問うた。

「あの日、あの建築現場は休みで、職人はあの場に居なかったと報告が上がって来ました」

ヴィレはグナーデを通じて、街で土嚢の崩落を目撃したと街の警邏を掌る兵士たちに報告させたという。警邏は事故のあった現場を検分し、その報告を今朝ヴィレに上げてきたのだ。

もちろんミットライトも同じことをグナーデから報告を受けている。

「僕も同じ報告を受けている。あれは事故だと。――だけど、僕は事故だとは思っていない」

「……はい」

「だが、どちらか絞れない」

ミットライトを狙ったのは、国内の反獣人派、反ミットライト派の仕業か？　――国外の勢力の仕業か？

あの場には怪しげな人間がいた。荷役に交じった兵士たちだ。

しかし、そのことに関して警邏は報告を上げてきていない。

気づかなかったのか、もしくは、気づかなかったことにしたのか。

「………」

ミットライトの言葉を聞いて、ヴィレはさらに表情を硬くした。

多分、ヴィレも同じことを考えていたのだろう。そして、ヴィレはどちらの側か思い当たることがあるのかもしれない。

「どちらもあり得るが、僕は国外を疑っている」

ミットライトははっきりと告げた。

国内の反獣人派たちがミットライトを襲うというのは考えづらかったのだ。王位継承権のない王子を殺して得する人間はほとんどいない。それに、ミットライトは民のための政策を多く行っていたために身分の低い人間や獣人たちに人気があった。そういう連中のシンボルのようなミットライトを殺すことは、そういった人間や獣人たちの不満に火をつけかねない。

火のついた不満が爆発したら——と考えたら、ミットライトを害するのはリスクが大きいのだ。

だが、国外の人間ならば話は別だ。

ミットライトを害することで、獣人を守れなかった王城に対する憎しみと不満をあおる。それは火薬に火をつけるようなもので、爆発的に内乱に発展するだろう。

「国内がごたつけば、攻め入る隙はいくらでも生まれるだろうな」

自分の考えをミットライトはそうまとめた。

ヴィレもその言葉には頷くしか無いようだ。

そして——。

「……これを」

ヴィレが一枚のスカーフを取り出してミットライトに見せて来た。それは土に汚れているが、見覚えのある紋章が刺繍されている。

「ハイルングの紋章……」

ミットライトにもすぐにわかった。これはハイルング王国の装備兵の制服のスカーフだ。

「このスカーフには火薬が付いております」

ヴィレはスカーフを広げ、黒い墨のような濃い染みを指し示した。

「火薬？」

「はい」

「……スカーフをよく見せてくれ」

ミットライトはヴィレからスカーフを受け取り、そこについた火薬を検分する。兵士の持ち物に火薬が付く場合を考えると、炭鉱などで火薬を使い洞を広げる時か、武器——銃を使用している時か。

「銃か……」

ミットライトはそう言って眉間にしわを寄せる。

火薬で弾を飛ばし、的を打ち砕く銃は、革新的な武器だと話題になったことがあった。しかし、実際は弓より強い反動によって的に当たる精度が低く、訓練で精度を上げたとしても、弾を1発撃った後は2発目を撃つまでに火薬や弾を込めるという手間がかかり使い勝手が悪い。また、大人数で混戦するような戦いでは扱いが難しく、主要な武器としては使えないとされていた。それ故、銃を装備する騎士はほぼなく、しかも非常に高価であるため、そう気安く使われるものではないのだ。

　ただ、戦で役に立たずとも、遠い場所から弾を撃つことができる銃は暗殺にはもってこいの武器だ。

「本気の暗殺だという事だな」

「……はい」

「で、あれば、これは国内のことではないな」

　銃を用いての暗殺。国内の賊が高価な武器を持ち出して、わざわざ殺すほどの価値はミットライトにはない。

「僕を目障りだと思う連中は多いだろうが、王族殺しをしてまで得られるものは何も無いからな」

　獣人で王位継承権がないミットライトでも王子は王子だ。殺されたとあれば国を挙げて犯人を追うだろう。実行犯のみならず、企んだ者たちすべてに累が及ぶのは間違いない。下手をすれば一族郎党に累が及ぶこともある。決して逃げることは許されない。

　そこまでの事をして得られるものは何もない。

　国内の連中が思うのは、ミットライトが怪我でもして、城に引きこもってくれればいい程度のことだ。

「……ヴィレ」

「はい」

「お前は、これを僕に渡して良かったのか？」

「…………」

良いわけがないだろう。どう考えても、今、この国の王子を暗殺しようなどと企むのは、状況からみてほぼ間違いなく聖グランツ皇国しかない。母国の行っていることを敵国の王子に告げるなどあってはならないことだ。

（相変わらず真面目な男だ……）

母国に背くことになりかねないが、ミットライトの身を案じてこのスカーフを引き渡すというのは非常にヴィレらしい行動だと思った。

「……まぁ、これ以上は問わない。意地の悪いことを聞いて悪かったな。ヴィレ」

ミットライトはそう言ってから、大きく伸びをすると執務机に戻った。

ミットライトと共に執務室から戻り、夕食までの時間を自室で過ごすようにと命じられて、ヴィレは自室に戻った。

ヴィレの部屋はミットライトの自室の向かいにあり、窓からは王城の明かりを見ることができる。

「ふぅ……」

マントを脱ぎ、装備を外して装備を置くための棚に並べて行く。

ミットライトには奴隷騎士と呼ばれ、立場は従者となっているが、この離れでの扱いは騎士としてのものだった。

グナーデを始めとする従者たちはみなヴィレを主の次の位として世話をしてくる。

本来ならば専任の使用人が付くそうだが、それはヴィレが断った。

小さな離れの一室なので居室としては少し狭いが、使用人の部屋とは違い客間のような誂えで、大きな寝台と長椅子に書き物のできる机なども揃っている。

机用の椅子を窓際まで引っ張って、窓の外が眺められる位置に据えて座った。王城を眺めることができる大きな窓には美しい意匠の格子に硝子がはめられている。その隙間から外の様子を眺めた。

すでに日は暮れ、王城の向こうには月が輝いている。

「満月が近いな……」

月を見ると、ヴィレは自分の仲間たちを思い出す。仲間といっても同じ騎士団の騎士たちではない。

狼の獣人であるヴィレには狼の仲間がいる。

幼いころに住んでいた田舎の森林で出会った狼たち。人間の友達もいない、孤独な子供だったヴィレはよく森林で過ごした。そこには人間はいないが沢山の動物がいた。獣人であるヴィレにはそこに住まうものこそ、自分に近いものなのだと感じていた。

そんな森で一頭の怪我をした狼を助けた。罠に掛けられていたのだが、ヴィレはその罠をはずし、薬草を煎じて傷の手当てをしてやった。世話をしたヴィレに恩義を感じていたのかはわからないが、いつしかヴィレは狼たちと過ごすようになった。その時に出会った狼はもうこの世にはいないが、その狼の子供たちや番が変わらずヴィレに寄り添っている。

「アインスは上手くやっているだろうか」

アインスというのはヴィレが率いる群れのリーダーの狼の名だ。

ヴィレに寄り添う狼たちは非常に賢く、ヴィレの願いをよく聞いてくれた。そんな仲間の狼たちに、ヴィレは街の様子を探らせていた。スカーフを見つけて持ってきたのも狼たちの手柄だった。今もヴィレの言葉に従って、走り回っているだろう狼たちは夜明け前に戻ってくる。

そんなヴィレと狼たちには秘密があった。

ヴィレはアインスたち狼の目を通して、彼らが見聞きしたことを知ることができるのだ。狼たちに命令して動かすだけなら狼の獣人の能力の範囲だが、ヴィレはそれを超えたことができる。狼たちと額を合わせるだけで、まるでヴィレも狼たちと共にその場にいて見聞きしているかのように分かるのだ。

最初は獣人の能力のようなものかと思ったが、他の獣人たちにそんなことができるという話は聞いたことがない。それはすでに獣人の能力を超え、魔術の域になるのだと知った。

ヴィレは獣人だから魔術は使えないはずだが、魔術のような不思議なことができる。

それは絶対に秘密にしなくてはならないことだった。

獣人を超えた力を使えるものは魔族や魔獣と呼ばれ、国を挙げての討伐の対象になる。魔術のようなことができると知れたら、獣人である以上の迫害を受けるだろう。白き神子リートゥスの庇護があって騎士の地位を保っていられたが、魔族であるとされたら間違いなく処刑される。だから、これは誰にも知られてはならない。

同じ獣人であるミットライトにすら知られてはならないことだ。

ミットライトにはせめて危険だけでも知らせようと思ったが、歯切れ悪く言葉にすることができないことばかりだった。

街を探らせたアインスたちはスカーフ以外にもいくつかの情報をヴィレにもたらした。

それは、この街に潜入しているだろう連中はヴィレと同じ白き神子騎士団の騎士たちである事。

表向きの目的はヴィレの捜索だが、どうやら本当の目的はミットライトのようだった。本当ならばこの話をミットライトにすることは母国に対する裏切り行為だ。ヴィレは聖グランツ皇国の騎士であって、今、ここに居るのは仮初めでしかない。

恩赦によって命を救われたことには感謝するが、ここに長く居るのは良くないと感じている。

ミットライトは危険な存在だ。彼の傍にいると、心の中がざわつくような気持ちになった。母国に帰らなくてはと思うのと同時に、ミットライトの傍に居たいとも思う。その相反する感情で、胸の奥が何かを逆なでするような落ち着かない気持ちになるのだ。

それは騎士として忠誠を誓い、祈りを捧げてきた白き神子リートゥスに仇なす行為だ。

「俺は……」

父が戦死した時に庇護を失い、ヴィレは獣人だという理由で国から追放されそうになった。その時にヴィレを救ってくれたのがリートゥスだった。望めないと思っていた騎士の地位に召し上げられて、騎士団長となった。

ヴィレはそのことには感謝している。

亡き父と同じ騎士になることはヴィレの悲願であったし、騎士団長という高位まで与えてもらったことには感謝しかない。この地位がなければ、獣人のヴィレに父亡きあと残された母を守り養うことはできなかっただろう。

その母ももう亡く、これまではリートゥスへの恩義を返すためだけに働いてきたのだが――。

だが、その感謝の気持ちを揺るがすようなこともヴィレは知ってしまった。

スカーフを持って戻ってきたアインスたちから話を聞くと、同僚ともいえる白き神子騎士団の騎士たちは行方不明になったヴィレを捜索していて、ヴィレが王城でミットライトの下に居ることも摑んでいるようだった。

しかし、捜索は善意からのものではなかった。

作戦の筆頭指揮をしている白き神子騎士団の副団長、クロイツ・ベーテンが発した言葉。

『ミットライト王子と共に、ヴィレも見つけだして連れ出せ。両名の処刑は本国でリートゥス様の前で行う』

捜索する兵士たちにそう命じていたのだ。

(仕方のないことか……)

ヴィレはクロイツに疎まれていた。彼はヴィレよりも高位の貴族の子息で血筋は申し分ない。そんな彼が自分よりも劣る血筋のヴィレの下にいることは屈辱以外の何ものでもなかっただろう。クロイツがヴィレを捜索していると知った時、最初はこの混乱に乗じてヴィレの暗殺を企んでいるのではないかと思ったほどだ。

しかし、白き神子リートゥスの前での処刑となると話は別だ。神子の前で行われる処刑は、神子に命じられた処刑だからだ。

白き神子騎士団としては騎士団長が捕虜になるという事は許されないことなのか。

(それも、そうか……)

無様で済む話ではない。騎士団長ともなれば、機密も多く知っている。ヴィレはそれを明かしてはいないが、本来ならば囚われた時点で自決するべきだった。

でも、それは出来なかった。

心のどこかにこんなことで死んではいけないという気持ちがあったのだ。

父の言葉だけではない。もっと胸の深いところでヴィレに呼びかける声。

(あの声は……)

ヴィレがくじけそうになる時、何かをあきらめそうになる時、心の奥、記憶の深いところから誰かがヴィレに生きろと訴えてくる。無様な姿をさらしても生きることにしがみついて、何としても生き抜かなくてはならないと心の奥底で何かに引き留められた。

「無様であっても……」

思わず声になってこぼれた。

自分はどうするべきなのか——それを考えても答えは出ない。

だが、あきらめてはいけない。心の中に響くあの声の為にも。

そのまま答えのでない考えに耽りそうになった時、居室の扉をノックする音が聞こえた。

「はい？」

ヴィレは立ち上がってノックに応えて扉へと近づくと、扉に手をかける前にそれが静かに開いた。

「ミットライト様？」

扉の向こうにはミットライトが一人で立っていた。

「様をつけるなと言ったはずだが」

ミットライトは相変わらずの口調でヴィレを見上げてくる。ヴィレと並ぶとミットライトは頭ひとつ半程低いため、二人で話をするときはいつもこんな感じだ。

ミットライトは白いシャツに紺色のパンツに同色のリボンタイという室内着姿であった。室内着でグナーデも通さずにヴィレの下を訪ねて来たということは、出かけるのでついて来いというわけでもなさそうだ。

「どうなさいましたか？　御用があればお呼びくだされば——」

「畏まった話し方をする必要はない。お前は僕を主として見てはいないのだから」

ヴィレの言葉を遮るようにミットライトに言われてしまう。

普段は口は悪いがあまり感情的なところを見せない、そんなミットライトの少し不機嫌な様子にヴィレは目を瞠った。

ミットライトはその顔を見て自分の言った言葉の強さに気づいたのか、少し気まずそうな顔になって言う。

「……すまない。少し、言葉が悪かった。主と思わないことを責めるつもりはないんだ」

「ミットライト様がお気になさる必要はありません」

今度はヴィレが言ってから「しまった」と思う。あるべき形を答えたのだが、これはミットライトが最も求めていないことだろう。

「……………」

「…………」

ひどく気まずい。

「すまない。僕が悪いな」

ヴィレが何と言いだそうかと迷っているうちに、先にミットライトに謝られてしまった。

それに対してもヴィレは目を瞠ることしかできない。

「少し、頭を冷やした方が良さそうだ」

そう言って部屋を出ようとしたミットライトをヴィレは咄嗟に腕をつかんで止めた。

「あ、その、は、話をしましょう――いや、話をしよう、ミットライト」

ヴィレは意を決して言葉遣いを変えた。そのくらいの望みは叶えてやりたい。ミットライトを傷つけたり悲しませたりしたくない。――咄嗟にそう思ってしまった。

「ああ、わ、わかった。話をしよう」

何故かミットライトは少し動揺したように目を逸らしたが、ヴィレの言葉は受け入れてくれた。

ヴィレはつかんだ腕はそのままに、部屋の長椅子へとミットライトを連れて行く。ミットライトは連れられるまま勧められるままに長椅子に腰を下ろした。

ヴィレはそのまま向かいに座ろうとして、ふと顔を上げてミットライトに訊ねた。

「何か、飲むか？」

「いや、大丈夫だ」

言葉に少しぎこちなさはあるが、ミットライトの頬に微かに浮かぶ喜色を見ると、思い切って良かったと思う。ヴィレはミットライトの向かいに座って、きちっとそろえて座った足を少し考えてから崩した。

「食事まで時間はないが、部屋まで来たんだ。話したいことがあるんじゃないか？」

「そう、だな。聞きたいことは沢山ある。だが、それを問うてもお前は答えられないと分かってもいるんだ。そんなことを考えていたら、この部屋の扉をノックしていた」

ミットライトはいつもの大人びた様子ではなく、少し子供のような雰囲気を見せている。

「そうか。ミットライトでも、そんな風に考えこむことがあるのか」

「本当は、こんなことはすべきでないともわかっているんだがな」

仮初めの主と忠誠のない騎士。

「まだ若いのに、思慮深い――」

「はぁっ？」

しんみりとした会話になるかと思っていたら、突如ミットライトがヴィレの言葉をかなり食い気味に遮った。

「は？　な、なんだ？」

「若いってなんだ!?　僕はお前と同じ年だぞ！」

「はっ？」

今度はヴィレの声が裏返る。

「いや、俺はもう23歳だぞ？」

「僕も23歳だ！」

「そんな……」

同い年とは全く思えない。背も低く、童顔で、大きな眼に柔らかな頬。

「どう見ても16歳くらいかと……」

ミットライトは正式に王子としての職務についているので成人扱いの齢であるとは思っていたが――まさかという気持ちの方が圧倒的に強い。

「童顔なのはわかってる。いつもそうなんだ。僕が――」

「え？」

何かぼそっと呟いた言葉を聞き逃してしまったが、ミットライトは拗ねたような顔で唇を尖らせていた。

自分と同じ年だということには驚いたが、ミットライトには不思議な雰囲気があると思う。普段は人前での王子としての完璧な笑顔と口が悪くシニカルな笑みを使い分けているようだが、時々、こんな風に幼く見えるときがある。

そして、こんな幼いと思うような顔をしているのに、時々、老齢な賢者たちを相手にしているかのような年上に見える表情をすることがあった。

（不思議な男だ……）

ヴィレはそんなミットライトにどんどん興味をひかれ始めている。そのことは自覚していた。だが、ミットライトは仮初めの主だ。もう少しこのやり取りを続けてみたい気持ちもあったが、ヴィレはぐっとその気持ちを抑えこんだ。

「……そうか、すまなかった。揶揄うつもりはなかった。ミットライトは若いのに優秀だと思っていたんだ。俺と同じ年でも優秀であることに変わりはない」

「…………」

ミットライトは唇をへの字に結んでいるが、山羊の耳は興味ありげにヴィレのほうを向き、頬を赤くしてそっぽを向いている。親しい友人に見せるような態度に、ヴィレも思わず頬が緩みそうだったが、此処で笑ったらさらにミットライトを困らせるだろう。

「ミットライト……」

どうしたものかと名を呼んでみる。

会話をどう続けていいかわからない。

ヴィレは元々気が利くようなタイプの男ではない。愚直なまでに剣技と騎士としての務めに心血を注いできた男だ。

困惑するヴィレを見て、ミットライトは気が済んだのか、くすっと笑ってから大きく深呼吸した。

「僕はこの可愛らしさを目いっぱい利用して民の心をつかむ。せいぜいこの可愛い顔に傷がつかないように必死に守ってくれ、僕の騎士」

そう言ってニコッと微笑む。

ミットライトは自分の利点をよく心得ている。こうして微笑みかけることで、ヴィレの中に湧き起こるものまで見透かされているようだ。

「ま、こうして微笑まれたくらいで赤面しているようじゃ、やっていけないぞ？　騎士団長」

「え？」

「社交界の御婦人方をエスコートするのも騎士の役目だろう？　そちらの国では騎士は軍務だけなのか？」

「あ……いや……」

ヴィレの頭の中に苦々しい思い出がよみがえる。

確かに大きな舞踏会がある時などは、貴族位のある騎士は参加させられる。

ヴィレはずっとそういう会は避けるようにしていたが、騎士団長に就任した時は断ることができず、その時に一番高位であった貴族の令嬢とダンスをしたのだが、体格差に戸惑い、ダンスというよりは相手を振り回してしまったようで、それ以来、社交界では要注意人物にされていたのだ。

「お前はダンスも踊れないのか？」

「踊れなくはないが……あまり得意ではないのだ……」

消え入りそうなヴィレの言葉に、ミットライトはにやりと悪い笑みを浮かべる。

「では、僕と踊ってもらおうか！」

「はぁ⁉」

ミットライトは立ち上がるとヴィレに向かって手を差し伸べてきた。

「さあ、騎士ヴィレ！」

ヴィレはつられて立ち上がり、差し伸べられた手を取る。ダンスのステップは頭に叩き込んでいるが、音楽もなしに踊るのは難しすぎる。

そんな風に戸惑っているヴィレをニヤニヤと意地悪く笑って見ながら、ミットライトは軽やかに身を躍らせてヴィレの手を引いた。

「おい……本気か？　ミットライト」

引かれるままに最初の構えを何とかとると、ミットライトはヴィレの腕の中にぴったりと納まった。

そして、リードするようにステップを踏み始める。

緩やかに腕の中で抱き合い、引かれるように円を描き、軽やかにくるくると踊っているとまるで音楽が聞こえてくるような気持ちになる。

（こんなに上手く踊れたことはない）

ミットライトはかなりダンスが上手い。リードされるとヴィレまでするすると引き出されるように次のステップを踏める。

（それに……）

腰を抱き寄せて、くるっとステップを踏むだけで、ずっとこうして踊っていたような気になってしまう。

（戯れるように、二人きりで、笑いながらずっと……）

白い神殿の広間で、暖かい光の中で、二人で——。

「ヴィレ？」

少しぼんやりとしてしまったらしい。不思議そうな顔をしたミットライトが腕の中から見上げてくる。ダンスを踊って白い頬を紅潮させたミットライトの笑み。

その笑顔を見た瞬間。胸の中に驚くような激情があふれた。

「我が——、」

意図せず言葉がこぼれ、ヴィレは思わずミットライトを抱きしめる。

小さな体が竦むように震えたが、それを宥めるようにゆっくりと腕に力を入れた。

こうして抱きしめるのも初めてではない。――ように思う。

ずっと、ずっと腕の中に居た温もり。

(俺が命をかけて守る神子)

こうして抱きしめて、存在を感じて、初めて分かった。

ヴィレが辛い時、苦しい時、祈りを捧げていた存在が、今、この腕の中にいるのだと。

(俺を救ってくれた声はこの声)

そんな思いがあふれる。

何があったわけでもない。捕虜になるまでミットライトと会ったことはない。

それでも、この腕の中の存在が自分を救い、決して放してはならないものだと、分かった。

「……ヴィレッ!?」

ミットライトの声にハッと我に返る。

「あ……」

腕の中から見上げているミットライトと目が合う。

現実に引き戻される。腕の中にいるのは敵国の王子だ。

だが、何かが変わってしまった。

「慣れないダンスで疲れたのか?」

ぼんやりとするヴィレにミットライトは意地悪く微笑んだが、そんな笑顔すら可愛いと思う。

（俺は……なにを）

ヴィレは動揺で言い返すこともできない。軽口で返せば戯れで済む。だが、この状態を戯れで終わらせたくない。――大切な人を手放したくない。

「ミットライト、俺は……」

「ヴィレ」

遮るようなミットライトの声。

「ミットライト」

ヴィレはもう一度強く抱きしめた。

気の迷いではない。戯れでもない。逃がしてはならない、大切な存在。

すべてをかけて守るべき存在。

「ヴィレ！」

しかし、ミットライトはそれを拒んだ。

「……よく考えろ」

そう言ってするりと腕の中を抜けて行く。ミットライトは振り返りもせずに扉を開き部屋を出て行った。扉の閉まる音、楽しかった時間の終わり。

胸にぽっかりと穴が開いたよう。拒まれた事より、腕の中からいなくなったことが辛い。

（俺の――なのに）

喪失感に苛まれながら、ヴィレはミットライトの出て行った扉をいつまでも見つめていた。

ヴィレはミットライトへの思いを自覚したが、それには戸惑うばかりだった。

（どうして、こんな……）

何かがあったわけではない。ヴィレの心の中で響いていた声がミットライトのものだという確証があったわけでもない。ただ戯れに二人でダンスをしただけだ。それだけだったのに、唐突にそうだと思ってしまったのだ。

抱きしめたときに腕の中で震えていたのを思い出す。

それはそうだろう。ヴィレは敵国の騎士で、ミットライトとの体格差も大きい。そんな大男がいきなり抱きしめてきたら怯えて当然だった。

（それにミットライトは山羊の獣人……）

狼の獣人であるヴィレに怯えても仕方がない。あの後、怖い思いをさせてしまったと、謝罪のために部屋を訪ねたらグナーデが出てきて「ミットライト様はお休みになりました」と門前払いを食らってしまった。許してほしいとは言えないが、何とか怯えさせたことを謝って害意はないのだと伝えたかった。

そして、もし可能であれば、もう一度ゆっくり話がしたい。

もしかしたらヴィレの気持ちの変化の原因がわかるかもしれない。

翌日、ミットライトはいつものように執務室に向かう供をヴィレに命じた。

ミットライトの背後につき、執務室への廊下を進む。白い石畳の廊下に窓から暖かな日が差している。その柔らかな陽の光に包まれたミットライトを見ていると、あの不思議な気持ちが再び湧き上がってくる。

（どこかで俺はこの光景を知っている……？）

ミットライトと執務室に向かうのはこれが初めてではないが、それよりも前、ずっと昔にこうして歩いていたような気がする。白い服に身を包んだミットライトと、剣を下げた騎士のヴィレ。それは今と変わらないはずなのに、それよりももっと幸せだった記憶。

そして微かな喪失感――。

「何をぼんやりしている？　ヴィレ」

ヴィレが物思いに沈みかけていると、ミットライトの声に引き戻された。

「すまない、ぼうっとしていた」

「謝ってほしいわけじゃない。何を考えているか聞いてるんだ」

ミットライトはいつもと変わらない。変わったのはヴィレの方だ。

「昨夜のことを考えていた」

ヴィレは素直に打ち明けることにした。

「昨夜は怖がらせてしまったようで申し訳なかった」

「…………」

ミットライトは足を止め、ヴィレの方を振り返る。

その顔は――何故か眉間にしわを寄せていた。

「俺は、そんなに怖がらせてしまっただろうか？」

「お前なぁ……」

ミットライトはしわを寄せている眉間を指先でもんでから、少し呆れた響きの声で言った。

「……まぁ、それがお前か」

言葉の意味がよくわからなかったが、どうやら許してもらえそうな気配は感じた。

「で、謝ってお前はどうしたいんだ？」

「正式に騎士の誓いを立てたいと思う」

ヴィレは思っていたことを言った。

「それは……」

ミットライトは目を瞠って驚いた。

だがすぐに真顔に戻ると、もう一度眉を顰めて言った。

「無理はしなくていいんだぞ？　お前には母国があるだろう？」

「そうだな。俺の母国は聖グランツ皇国だ。だが……あの国に俺はもう必要ないようだ」

ヴィレは今や重罪人扱いだ。ヴィレを処刑するために多くの騎士が動いている。

「俺はミットライトに話さなくてはならないことがある。その為にも正式な騎士の誓いを立てたい」

「話をするのに騎士の誓いが必要なのか？」

騎士の誓いは主に対して忠誠を誓う儀式。

ヴィレは神子と国から切り捨てられた。それを拾ったのはミットライトだ。

ならば、この先の命をミットライトに預けるのは義に背くことではない。

そのために母国で汚名を着せられたとしても、ヴィレに後悔はない。

「誓いが終わったら、全てを話す」

小さなけじめでしかないかもしれないが、ミットライトに自分を信じてもらうためにも誓いを捧げたいのだ。

「……わかった。グナーデに言って準備をさせよう」

「ありがとう、感謝する」

ヴィレはそう言って胸に手を当てた。

もう躊躇う必要はない。誓いが終わればミットライトが真の主になるのだ。

◆◆◆

優秀な従者であるグナーデは、ミットライトの命を受けてから数日ですべての準備を整えた。

「正式な騎士装備もちょうど出来上がってきたところです」

ミットライトの御印の色である白で揃えられた装備があまりにもヴィレに似合わなかったので、グナーデに相談してヴィレ用の別の装備を準備していたのだ。

「しかし、この装備は……大丈夫なのでしょうか？」

ミットライトが用意させた装備は黒を基調に揃えられていた。

それは聖グランツ皇国の騎士団長だった時のものと被る。

しかし、ミットライトはそれを鼻で笑った。

「気にするな。正式に僕の奴隷騎士となるんだ。言いたい奴らには言わせておけ」

ミットライトはそう言うが、それは無理を通すということではない。

ヴィレはミットライトの警護の仕事がないときは、早朝や深夜に離れの前の庭に出て鍛錬を積んでいた。その様子は警備の騎士や兵士たちの目に留まり、数日するうちにはすっかり噂となった。一人で影を相手にするように剣術を繰り出すヴィレのレベルの高さは、同じ職に就き同じ鍛錬を積む者たちにはすぐに分かったのだろう。騎士や兵士たちのヴィレを見る目に憧れが混じるのにそう時間はかからなかった。

もちろんすべてが好意的ではなく、中にはより蔑むようになったものもいたが、それもヴィレの剣技の高さへの嫉妬ゆえだ。

ミットライトはその変化をヴィレを連れて城内を歩くうちに感じていた。

（今ならばもう、黒を身に着けたとしてもトラブルを起こすほどのことはないだろう）

そう判断した結果、ヴィレには黒い装備を誂えることにした。

（それに、やはりヴィレには黒が似合う……）

黒い装備を身に着けたヴィレを思うと、ミットライトの胸に懐かしさがこみあげてくる。最初の世界でヴィレは獣人ではなかったが、今と変わらぬ濃い蘇芳の混じった黒髪に健康的な褐色の肌を持っていた。ミットライトが光で、ヴィレがそれに付き従う影。まるで生まれた時から対のようであると言われたものだった。

「僕には強い番犬がいるのだと、城内でももっと話題になると良い」

ミットライトは満足そうな笑みを浮かべてそう言った。話題になればいろいろと無視できなくなる。

ヴィレをこの国で安全に匿うためにも必要なことなのだった。

教会で儀式を行うために漆黒の騎士鎧を身に着けたヴィレを見て、ミットライトは揶揄うように畏まった言い方で名を呼んだ。

「よく似合うじゃないか、騎士ヴィレ」

獣人であるヴィレに強固な全身鎧は必要ない。

磨きこまれた黒鋼で誂えられているのは、胸当てと肩当てがつなぎになった上半身を守る鎧に、剣を振るう腕を守るための籠手と脛を守るための脛当てと、重要な箇所を守るだけの軽鎧となっていた。鎧の下には厚手の布で作られた裾の長い上着を着て、革のズボンと長靴を履いているだけだ。

一見、戦に出るには軽装に見えるが、獣の権能である柔軟性のある動きを最大限に生かしたつくりとなっている。

「最後はこれだな」

そう言って、ミットライトは鎧と同じ黒鋼で作られた額当てを手に取った。兜ではなく額当てなのは、ヴィレの狼の耳を邪魔しないためだ。獣人の優れた聴力を兜でふさいでしまうのはもったいない。こうした細かい気遣いが施された、まさしくヴィレのための装備だった。

「うん、よく似合う」

額当てには山羊の角を模した飾りが付けられているが、愛らしさはなく雄々しく勇ましい意匠になっている。

ミットライト自らの手で恭しくヴィレの頭上にそれを被せた。狼の耳がピンと立つ濃い色の蘇芳の混じった黒髪の上にそれが被せられると、まるで冠のように神々しい。強い意志を具現したかのように目鼻立ちの整ったヴィレによく似合った。

「ありがとうございます。ミットライト王子」

「礼には及ばない。これから文字通り僕の奴隷となって働いてもらうんだからな」

口では奴隷などと言うが、やはりヴィレに似合うものを用意できたのは嬉しい。

もちろん、機能だけでなく意匠までミットライトが細かく指示したヴィレだけのために誂えた特別製だ。鎧の下に着ている黒い上着には金糸で細かな意匠が施されているが、同色の糸でもミットライトの紋章が刺繍されている。胸当てや肩当てなどの装備にもすべてだ。そして、装備のすべてにミットライトの紋章は入っているが、ハイルングの紋章は一つもない。

「お前は僕の騎士だ。それに変わりはない。ハイルングの為ではなく、僕のために在れ」

ミットライトはヴィレに国に忠誠を誓わせるつもりはない。国に忠誠を誓えば、万が一、ミットライトに何かあってヴィレが一人残された時もその誓いに縛られてしまう。

それに、ミットライトは時が来ればヴィレの手を放すつもりでいる。この先にやってくる未来はまだわからないが、できるだけヴィレには背負わせず自由に生きて行けるように整えてやりたかった。

そんなミットライトの心のうちを知ってか知らずか、ヴィレは恭しく騎士式の礼をすると躊躇うことなく言った。

「この命かけて、最後まで御傍に」

するりとヴィレから出た言葉にミットライトが驚くと、ヴィレは何でもないことのように澄ましている。落ち着き払ったヴィレの態度から、それが心からの言葉なのだと分かる。

（ヴィレ……）

ミットライトにとってその言葉は何よりも嬉しい言葉だ。

だが、それを素直に受け取ることはできない。

（今度こそヴィレは自分の幸せをつかむんだ）

ミットライトは騎士の誓いは必要ないとすら思っていた。いつかは手を放す相手、いつかは解放しなくてはならない相手という思いは強い。強くそう思ってはいるのだが——。

(嬉しい……)

ミットライトにとってそれは、心が喜びで震えるほどの言葉だ。良くないことだと分かっていても、同時にどうしようもない喜びが込み上げてくる。繰り返してきた幾度もの前世で、何よりも最初の世界から、ミットライトが愛し、共に死んだ愛しい人だ。再び巡り合えて嬉しくないわけがない。こうして気持ちが通じ合えて嬉しくないわけがない。

しかし、その気持ちは隠さなくてはならない。

(何よりもヴィレに知られてはいけないことだ)

ヴィレがこの呪いの輪廻から解放されるためにも。

◇◇◇

ミットライトとヴィレの騎士の誓いの儀式は、教会で厳かに執り行われた。

立会人は教会の最高責任者である大司教が務めた。それ以外は、グナーデと数人の聖職者と騎士たちが立ち会うだけのごく小規模なものとなった。

黒い騎士装備のヴィレが教会に姿を見せたときは、わずかに動揺の声も上がっていたが、祭壇に上がり、ミットライトに誓いを立てる時にはその美しい姿に感嘆の声が上がっていた。

「私の騎士」

「我が主」

正式にこれからは公の場ではこう呼び合うこととなる。

二人は常に光と影のように寄り添いあい、城内でもその姿が当たり前となってゆく。

騎士の誓いの儀式を行い、正式にミットライトの騎士となってから、ヴィレはミットライトへの忠誠を隠すことは無くなった。恩赦によってミットライトに命を救われた敵国の騎士が、ミットライトに忠誠を誓い正式な侍従騎士となったことが城内外に知らしめられたのだ。

常にミットライトに付き従い、影のように寄り添っていた。

その様子を見て、余計なことを言う者たちもいなくなった。

もっとも、不遇の王子に構っている余裕がなくなってきたというのもあるだろうが。

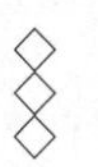

「国境付近のトラブルが増えてきたな」

執務室の机で、ミットライトは役人たちから報告させた書類を見た。

ミットライトの下へ上げて来られる陳情書の中にも、他国の兵士への恐怖やトラブルなどを訴えるものが増えてきている。ここに持ち込まれるのは、作物を盗まれたり、正体不明の流れ者が空き家に居座ったりという話ばかりだが、国王の下へは他国の兵士が越境してきているという話が行っているだろう。

「グナーデ、少し探れるか？　城の中だけでいい。報告を探れ」

「畏まりました」

グナーデは従者の範疇を超えた命令も慣れた様子で引き受けた。

「では、俺は城外を探ろう」

ヴィレがいきなり自分から申し出る。

「ヴィレ？　僕から離れて外には出られないぞ？」

ヴィレは正式なミットライトの騎士ではあるが、敵国の騎士であったことも事実だ。いまだ、ミットライトの傍を離れて単独での城外行動は許可が難しいだろう。

「大丈夫だ。俺には仲間がいる」

ヴィレは自信ありげに笑う。

「前にミットライトと視察に出た後に、スカーフを見つけたと言っただろう。あの件を追って探らせている」

「ヴィレ様、それは信頼のおける人物なのですか？」

見かねたグナーデが言葉を挟む。グナーデから見れば、ヴィレの仲間という事は聖グランツ皇国側の人間だと考えるのが普通だ。

「それは大丈夫だ。俺が幼いころからずっと一緒にいた信頼できる仲間だ。もちろん聖グランツ皇国側でもない」

「それは本当に……」

グナーデの案ずる声を遮(さえぎ)るようにミットライトが言った。

「わかった。お前を信じよう。――とりあえずは、今、知っていることを話せ」

騎士の誓いを望んだとき、ヴィレは「誓いが終わったら、全(すべ)てを話す」と言ったのだ。

「ああ、俺が知っている確かなことは二つ――」

ヴィレは一瞬(いっしゅん)眉(まゆ)を顰(ひそ)めたが、そのまま詰(つ)まることなく言葉を続けた。

「今、俺は聖グランツ皇国から手配をかけられている。それと、ミットライト王子の誘拐(ゆうかい)計画がある」

「なっ⁉」

ヴィレのいきなりな情報を受けて、グナーデは絶句したようだが、ミットライトは落ち着いていた。

「僕が？　弟たちではなく？」

「ああ、リートゥスの狙(ねら)いはミットライトだ」

ミットライトは王位継承(けいしょう)権もない、国にとって重要度の低い王子を狙う理由があるだろうかと考えをめぐらす。

「暗殺ではなく、誘拐なのか？」

「そうだ。聖グランツ皇国の白き神子(みこ)リートゥスの下へ送れという命が下されている」

「お前は？　手配という事は国に連れ戻(もど)せという事か？」

「俺も……そうだな、聖グランツ皇国へ連れ戻せという事のようだ。両名の処刑(しょけい)は白き神子の前でと命じられているようだ」

「恩赦を受けたことが許されないのか？」

「元々俺はあの国では疎まれていた。この機会に消せと言う者たちもいるだろう。そういう思惑が重なったのかもしれない」

そう言ってヴィレは苦笑した。

ミットライトはその笑みに胸を痛める。

「僕と一緒にお前も捕らえて、白き神子への土産にしようという腹か。僕の奴隷をそんなに簡単に持ち帰られては困るな」

ミットライトは軽口で流すが、グナーデにもっと真剣に受け止めろと窘められる。

「ミットライト様。ご自身にも危険が及んでいらっしゃるんですよ？」

「ああ、そうだったな。しかし、何故、僕なんだ？」

王位継承権もない王子、自国の騎士、その両名の処刑には何の意味があるのか？

(白き神子リートゥス……)

聖グランツ皇国の実質的な支配者だ。大陸に伝わる神子伝承の具現として長きにわたり聖グランツ皇国の神殿に座し、今や皇帝の政治にも意見する存在。神の力をもって聖グランツ皇国を勝利へと導き、国土拡大にも貢献していると聞く。

その存在はミットライトも気にはしていた。

「ヴィレは白き神子を実際に見たことはあるのか？」

「ある。白き神子騎士団に入団したものは、全員、リートゥスの前で騎士の誓いを行うが……俺と同じくらいの長身で、白い肌と白い髪、赤い瞳……」

「白き神子は獣人ではないんだよな？」

「獣人ではない。あの国では獣人であるだけで差別対象だ」

「そうだったな……」

ここまで話を聞いて、ミットライトはリートゥスは神子ではないとの思いを深め始めていた。

（神子には必ず神の僕である仔山羊の角が額にある）

これは神の庭に住まう者の証。神子には必ず授けられる。

呪われて転生を繰り返しているミットライトでも、頭上に仔山羊の角だけは残されていた。

これだけは必ず残り続けているのだ。

「何か、白き神子について気になることがあるのか？」

「……白き神子の使う神の力とはどんなものなんだ？」

「神子の奇跡のことか？　そうだな……盲目に生まれた者に光を授けたり、戦争で失った腕や足を取り戻したり、病気の治癒が多いな」

「病気の治癒？　流行り病を治めたとかではなく？」

「さすがにそこまでの大それた奇跡は目にしたことが無い。ただ、知恵に長けた方なので皇帝陛下や将軍たちの信頼は厚かった」

「…………」

神の力は個人の為には使えない。必ず、広く民のために使われる。そして、神の力はただ一度しか使えない。

それは今までの転生の中で一度も変わることがなかった、絶対の掟だった。

（それにヴィレの中にあるのは僕と同じ力だ……）

ミットライトはヴィレの額に触れたときに、彼の中にかつてないほどの神の力を感じた。

最初はリートゥスの守護を受けての力かと思ったのだが、ミットライトは自分の中で強く共鳴を感じ、それは自分と同じ神の力だと知った。

今までならば、ヴィレにはほんのわずかな力が宿る程度だったが、理由はわからないが今回はミットライトと同じくらいの神の力が宿っているのだ。まるで神の力を分け合って転生したかのように。

（とは言え、まだ、確定ではない）

リートゥスが山羊の角を隠している可能性もなくはない。

しかし、ヴィレの話を聞く限り、リートゥスの行っていることはとても高度なことだけれど奇跡とは言えず魔術の域を超えていない。

（神子なのか、神子ではないのか……）

もし、神子でないとしたら、リートゥスは何者なのか？

「ミットライト様？」

黙り込んでしまったミットライトをグナーデが案じる。

「ああ、大丈夫だ。グナーデ」

「ですが、誘拐計画などという話があるのであれば、国王陛下にお話しして――」

「父上に話しても、どこか手の届かないところに僕を幽閉するだけだろう」

「それは……」

そんなことはないとは言えない。警備の手間、王城への侵入のリスクなどを考えたら、その判断は間違いではない。

「僕は今、幽閉されている暇なんかない」

聖グランツ皇国が行動を起こし始めている今、ミットライトは戦を起こさないために行動しなくてはならないのだから。

「ミットライトの警護は俺が付く。だが、俺自身も狙われているので、出来れば安全なところに移ってもらいたくはあるのだが」

「それはできない。却下だ」

ミットライトとしては動けなくなることは避けなくてはならない。どこかに隠れた状態で、この国に侵入する大軍勢を押しのけるような奇跡の力は、ミットライトにはない。

だからこそ、出来ることは自分が動いてするしかない。自分の言葉に従う手足が少なくとも、少しでも藻掻いておかねばならないのだ。

ミットライトの持つ神の力で何とかなるところまで。

「僕はこの国を守る。この国の王子として生まれた以上、逃れることは出来ない。ヴィレ、グナーデ」

名を呼ばれ、二人は同時にミットライトの前に立った。

「僕を臆病者にしてくれるな。僕は戦わなくてはならないんだ」

「わかりました」

「わかった」

「……心配してくれるのは嬉しい。この城にはお前たちしか味方はいない。だが、僕もやらなければならないのだと分かってくれ」

二人はミットライトの言葉の前で静かに、しかし、しっかりと頷くのだった。

執務を終えて私室に戻ったミットライトは日暮れに染まり始めた中庭を窓越しに眺めながらため息を吐いた。

物事が忙しなく動き始めている。

ヴィレから明かされた誘拐計画も驚きはしたが、聖グランツ皇国であればやりかねないことだった。あの国は今、ハイルング王国に戦争を仕掛けようとしているのだ。その敵方の第一王子の命を狙うのは不思議なことでもない。

(まだ、僕は甘いな)

長く生きて、幾度もの危機を乗り越えても、心の機微というものは中々に察しがたい。

理屈では王位継承権もない王族など放っておけばよいのだが、戦の気配を感じて不安を募らせている民の心を揺さぶるには、彼らから人望のあるミットライトを生贄とするのは効果的だ。

(難しいな……)

再びため息がこぼれる。

眺めていた中庭は薄闇が覆い始め、影に沈み始めていた。ミットライトはそれを見て少し憂鬱な気持ちになっていると、扉の方から控えめなノックが聞こえる。

「ミットライト、少し良いか？」

ノックと同時にヴィレの声が聞こえる。

「どうぞ、入ってくれ」

ミットライトが望んでから、ヴィレはフラットな話し方をしてくれている。

ヴィレとの距離を近づけてはいけないとわかっているのだが、そこに居るヴィレがよそよそしい話し方をするのには耐えられなかったのだ。

「どうした？　今、グナーデがいないので茶も出ないぞ？」

「ああ、大丈夫だ。茶は下で頼んで淹れてきた」

「え？」

騎士装備から軽装の室内着に着替えたヴィレがワゴンを押して部屋に入ってくる。そのワゴンの上には湯気の立つポットと茶器が一式そろっていた。

「厨房で時間的にはちょうどいいだろうと言ってくれたので、俺が淹れよう。ミットライトは座っていてくれ」

「あ、ああ……」

ミットライトは軽口で言ったつもりだったが、ヴィレは本格的にお茶の支度を始めた。

長椅子に座ったミットライトの前のローテーブルに焼き菓子の載った皿が置かれる。

「お前は焼き菓子が好きだからな」

「え？」

バターをふんだんに使った焼き菓子はミットライトの好物だった。

「どうして、それを？」

「ん？ ……そう言えばなんでだろうな。お前は焼き菓子が好きなのだと思ってた。違ったか？」

「違わない。焼き菓子は大好きだ……」

「そうか、よかった」

ヴィレは嬉しそうにニコッと笑う。

今世のミットライトはヴィレに自分の好物を教えたことはない。もし、それをヴィレに伝えていたとしたら、今の世界でのことではないはずだ。

「……つかぬことを聞くが、ヴィレは前世を信じるか？」

いきなりの質問に、ヴィレは目を瞠ってミットライトを見た。

「前世というのは、あの、生まれる前の世界とかそういうやつのことか？」

「ああ、そうだ」

「……悪いが俺にはわからないな。俺は子供のころからしか記憶がない。前世があったとしてもそれを証明することができない」

ミットライトの言葉にヴィレは少し考えこんだが、はっきりと答えた。

「そう、か……いや、変なことを聞いたな。忘れてくれ」

ミットライトの胸に氷の刃が突き刺さったような気がした。

ヴィレはやはり覚えていない。

いつもそうだった。ヴィレは前の世界の記憶を有さない。ミットライトは記憶を積み重ねることができたが、ヴィレは生まれた瞬間から新しくすべてが始まるのだ。

(呪い……)

必ず巡り合うのに、ヴィレはミットライトを知らないのだ。

「大丈夫か？　本当は甘いものは苦手なんじゃないのか？」

「い、いや、そんなことはない。甘いものは好きだ」

心配そうにミットライトを見つめるヴィレ。

「……少しだけ寂しい気持ちになっているだけだ。すまん」

「それは、俺が前世などわからないと言ったからか？」

本当のことなど話すべきではない。こんなことを話しても仕方がない。なのに、ヴィレの目を見ていると、抗う気持ちが薄れてしまう。ミットライトにとっては幾度も巡り合って気持ちを重ねた愛しい相手。

「そう、だな。普通は生まれる前のことなど覚えてはいないものだ」

「お前には記憶があるのか？」

「……ある。と、言ったら？」

　ミットライトがシニカルな笑みでそう答えた瞬間、ヴィレはぎゅっと目を閉じた。

「ヴィレ？　どうし——」

　言葉を遮るように、ヴィレがミットライトを抱き寄せた。

　唐突な行動ではあったが、その腕はミットライトを慰めるかのように優しい。

「…………」

　ヴィレが絞り出したようなかすれた声で何かを言ったが、腕の中に閉じ込められているミットライトには聞こえない。

「ヴィレ……？」

「それが本当ならば……そんなに辛いことはないじゃないか……」

「え？」

「記憶があるってことは、ずっと覚えているという事だろう？」

　人生とは失うばかりだ。早くに死ねば何もかも失い、長く生きれば徐々に失う。

　ミットライトの人生に終わりはない。巡り合った友とも愛したものとも死に別れて、さらにその後も生きなくてはならない。

「俺に前世の記憶を引き継ぐことが出来たら、永久にお前の側にいられるのに」

その言葉を聞いた瞬間にミットライトの胸の中に湧き上がったものを何と言ったらいいだろう。

ヴィレは本当にすべてを忘れているのだという悲しみ。幾度生まれ変わっても一緒にいてくれるという喜び。何も覚えていないくせにと詰るような気持ちと、いつまでも共にいてほしいとすがる気持ち。——相反するような、すべてが繋がるような、悲しみと喜びと複雑な気持ちが溢れた。

(そんなことを言っても、お前は僕を忘れる)

それはそういう呪い。ヴィレが別の伴侶を選んで呪いの輪廻から外れてほしいのは、ヴィレを解放したいからだけではない。

ミットライト自身ももう疲れたのだ。たくさんの気持ちを抱いて生きることに。

(だからお前を手放して……)

ミットライトを抱きしめているヴィレ。

どうしてこうなるのだろう。どうして、幾度生まれ変わっても、幾度世界が変わっても、ヴィレと巡り合う呪い。

(この腕の中で何もかも受け入れてしまったら……)

今ここにはヴィレがいて、ミットライトを抱きしめてくれている。

(この腕を拒まずに、その手を放すこともなく……)

同じことを繰り返して、倦むようなまどろみの中で——。

ヴィレと巡り合ってから、いや、ヴィレと巡り合うたびに思い悩んできたことを繰り返す。

（でも、今回……今だけは……）

ミットライトはことが終わるまでヴィレを傍に置かなくてはならない理由があった。

それは恋心だけの話ではない。このハイルングを救うために、獣人と人間の国を実現するためにも——。

（ヴィレの中にある神の力が、僕には必要なんだ）

自分に言い聞かせるようにして、心の中で繰り返す。

そして、そっとヴィレの背を抱き返した。

「……大丈夫だ。今はお前がいる」

この言葉は本心だけれど、嘘でもある。

そして、こうして抱き合うと、この男がずっとミットライトと共に転生を繰り返す男であることがよくわかる。ヴィレの中には、ミットライトから分かれた神の力が宿っている。

（それまで、それまでの事……）

ミットライトが神の奇跡を起こすには、ヴィレの力が無くてはならない。

嘘でも傍にいる。

それは嘘じゃない。

ッ心配そうなヴィレが、腕の中にいるミットライトを覗き込んできた。

「大丈夫か？」

「お前の方こそ」

ミットライトは軽く笑い返そうとしたが、何か含んだような微妙な笑顔になってしまったのが自分でも分かった。

「今、苦しんでいるのはお前なんだから、俺のことはいい」

ヴィレの指の背がミットライトの頬を撫でた。手袋をしていないヴィレの手は少し乾いて硬い武官の手だ。

その指にすり寄りたいのを堪えて、ミットライトはヴィレから身体を少し引いた。

「……茶葉が開ききってしまったな」

「あ」

ヴィレは慌ててカップにお茶を注いでみるが、見事に濃すぎる色になってしまっていた。

「これでは飲めないな……」

叱られた犬のようにシュンとするヴィレの手からカップを受け取る。

「ハチミツとミルクを沢山入れれば大丈夫だ。お前もやってみると良い」

「ああ……」

ミットライトはお茶の倍くらいミルクを注いでハチミツもたっぷり垂らした。ヴィレもそれを真似てミルクを注ぐ。

この世界ではお茶にはハチミツか果物を煮詰めたジャムを入れるのが主流だが、ミットライトは昔からミルクを入れて飲むのが好きだった。

最初にそれを願った時にグナーデが変な顔をしながら用意してくれたのを思い出す。

「この国ではこんな風にして茶を飲むのか？」

ヴィレは白く濁ったカップの中を見つめて、不思議そうな顔をしている。

「こんな風に飲むのは僕ぐらいだろうな。不味くはない、飲んでみろよ」

ミットライトが勧めると、ヴィレは一口飲んで目を瞠った。

「……うん、まろやかで美味い」

「この世界ではミルクを飲むのは赤子だけだからな」

ミットライトは優雅な所作でカップに口をつけた。鼻に抜ける茶葉の香りはミルクが入っても清々しい。

「……それは、お前が前世から持つ記憶なのか？」

「ああ、そうだ。だが、これだけではない。幾度もの飢饉、災害を――戦争も経験した。僕にはそのすべての記憶が残っている」

それを聞いてヴィレは絶句したようだ。

前世の記憶と言っても、生まれる前のことくらいに思っていたのかもしれない。

「この身体は23歳だけど、僕の経験は５００年を超えるんだ」

「５００年……」

想像をはるかに超えているだろう数字に、ヴィレは顔色を悪くするばかりだ。

あまりイジメても可哀そうだなと思い、ミットライトはにっこりと微笑む。

「――とは言え、僕も不幸だったばかりではない。飢饉も災害も戦争も乗り越えた。それを回避する方法を僕は知っているんだ」

「それは――」

今度は別の意味でヴィレの言葉を失わせたようだ。

「これに関しては良かったとしか言いようがないな。どの国の軍師よりも策略を知り、どの国の宰相よりも政を知っている。ハイルングがいかに平和で上層部が機能していないか、そして、聖グランツ皇国のような軍事強国がそういう平和ボケを狙っていることも」

「…………」

聖グランツ皇国がハイルング王国を狙っていることはヴィレも否定しない。

「それに、白き神子は神子ではない」

「は？」

「何者かまではわからないが、白き神子が齎す奇跡は魔術の範囲を超えていない。神子の力というのはもっと人智を超えたもので、個人に対して施されるようなものではないんだ」

「神子の力……ミットライトは神子を知っているのか？」

「……昔の世界でな。神子には神子である証と人生で一度だけ使える神の力が与えられる」

「一度だけ？」

「そうだ。神の奇跡はただ一度きり。それは世界を救うためにしか使えない。……僕はそれを見て来たからな。白き神子が本当に神子なら、そんな魔術まがいのことを奇跡だなどと言わない」

白き神子リートゥスはその条件には当てはまらない。それだけで疑うのは難しいかもしれないが、ミットライトにはわかっている。

（この世界の神子は僕だ）

ヴィレの中にある神の力を得ることができれば、ミットライトには救世の奇跡を起こすことができるだろう。

同時に神子が存在する世界があったこともあるが、同じ神の使いである神子同士が争うようにはならない。明らかに神子であるミットライトと敵対する存在が神子であることはない。神子は、神により民を救うために遣わされる。これが絶対の掟だった。

「偽神子……リートゥスが……」

「ショックか？」

ミットライトは苦笑する。

ヴィレにとってはすべてに等しい忠誠の相手だった人。それが偽者だと言われて混乱するのも仕方ない。

「いや、驚きはしたが――なんだろう、少し腑に落ちた」

「腑に落ちた？」

「ああ、俺にとって神子は命をかけて祈りを捧げる人であり、俺を支え続けてきた信仰でもある。だが、ずっと違和感を覚えていたんだ」

白き神子リートゥスの側にいれば、彼の人となりも知れる。

「白き神子は民の前で決して悪人ではないと思うが、リートゥスは私欲の男だと感じていた」

奇跡の代わりに要求される喜捨、リートゥスの神殿に仕える寵児。白き神子騎士団は今やリートゥスの私兵と化し、皇帝陛下ですらリートゥスの言いなり。——それは決してヴィレが信仰する神子ではないと感じていたのだそうだ。

「神子は、世のために奇跡を起こし、神の常世へと還る。俺はそれを守り愛する者だ」

「！」

今度はミットライトが驚く番だった。動揺を顔に出すことはしなかったが、冷や汗が伝うほどの驚きだった。

それは最初の世界でヴィレがミットライトに告げた言葉と同じ。

『俺は神子を——お前を守り愛する者だ』

記憶がなくてもヴィレの中にいる神子はミットライトなのだった。

「大丈夫だ。俺の中にはしっかり神子がいる。リートゥスが偽神子であっても、俺は俺の中の神子に祈る」

嘘偽りない、深い信仰の輝きがある瞳。

実際に神子への信仰はヴィレの支えであったのだろう。

「それに、リートゥスが偽者なら、どこかに本物の神子がいるはずだろう。いつか巡り合えるかもしれないしな」

「……そうだな」

心が揺さぶられる。考えては駄目だと思っても、心の中に温かいものが溢れそうになる。

ヴィレに自分が神子であることを明かすつもりはない。神子であることを明かせば、ミットライトの存在を詳しく説明しなくてはならない。そうなればヴィレは記憶なく転生していることも——神に背き呪われていることも知ることになってしまうだろう。

(この苦しみは……僕だけでいい)

ヴィレが苦しむ必要はないのだ。ヴィレを苦しませないことが、せめてものミットライトからの愛情だった。

だからミットライトはこの喜びも明かさず、黙って胸の奥にしまい込む。

「……ミットライト」

不意に名前を呼ばれた。

「なんだ?」

「俺はお前を苦しめていないか?」

「え?」

「俺といるお前は苦しそうだ」

気づかれていた。

ヴィレは過去のことを覚えていなくても、ヴィレにある資質は変わっていない。それどころか、経験は記憶なく残り、資質は向上して行くのだ。

(元々勘の良い男だったが、洞察力が上がっているんだな……)

ミットライトは再び動揺を飲み込み、だが、偽りの微笑みは浮かべずに言った。

「苦しくはない。ただ、切ない」

「切ない？」

「ああ、切ない……お前を見ていると手の届かない思い人を思い出す」

「……それは、過去の？」

嘘はついていない。ヴィレは嘘では誤魔化されない。

(彼が誤解して傷つくと分かっていても、僕は——)

「そう、か……」

ヴィレは目を伏せてそう言うと、手にしていたカップに口をつけた。冷めてしまった茶はミルクを入れても苦みが出てしまったのだろうか。眉を顰め、それからため息を吐いた。

「手が届かない相手なのは……俺にとっても同じだな」

「ヴィレ……」

「大丈夫だ。俺はお前の騎士。何があってもお前を守る。それだけは何があっても変わらない」

ヴィレはカップを置き、椅子から立つと、ミットライトの前に膝をついた。

「改めて誓おう、ミットライト。俺の爪も剣もお前のために。俺はハイルング王国のためでもなく、第一王子のためでもなく、ミットライト、お前のために」

そう言ってヴィレが頭を垂れると蘇芳混じりの黒髪がさらっと流れた。

こうして誓われるのは幾度目のことだろう。

「ありがとう、ヴィレ。お前は僕の騎士だ」

ミットライトは静かに微笑んだ。感謝の言葉にも偽りはない。

ただ、本当のことを言わず、心の中に封じ込めるだけだった。

◇◇◇

聖グランツ皇国との小競り合いのようなものが水面下で繰り広げられ続ける中、ミットライトはこちらから手を出すわけにもいかず、何とかして状況を動かせないものかと思案の日々が続いていた。

そんな時に驚くべき知らせがハイルング王国にもたらされた。

「聖グランツから使者が来るだと？」

急に聖グランツ皇国から知らせが来て、聖グランツ皇国の白き神子騎士団の騎士団長が使者として来訪するという。

「和平条約の準備の為に非公式ではあるが来訪したいと親書が届いたようです」

「白き神子騎士団の騎士団長……ヴィレ、心当たりはあるか？」

　ミットライトは横に控えているヴィレに問う。

「多分、クロイツ・ベーテンという男だろう。俺の居たときは副団長だった男だ」

「……お前の部下か」

「いや、彼は副団長という立場ではあったが、高位貴族だから俺とほぼ対等な扱いだった」

　淡々と答えるヴィレの言葉を聞いて、ミットライトは呆れたようなため息を吐いた。

「貴族位で国防の要を決めているようでは、その実力や推して知るべしというところだな」

「返す言葉もない」

「安心しろ、お前の実力は評価している。でなければ恩赦など与えるものか」

　今度はヴィレが苦笑する。

　実力を評価されても、ヴィレは捕虜に落ちた身の上だ。今はミットライトを守るために手に剣を握っているが、褒められても素直に喜べないのが正直なところなのだろう。

「しかし、お前の後釜が使者か」

　嫌な予感しかない。狙われているのはミットライトだけではない。ミットライトの侍従騎士になったヴィレを見れば難癖をつけてくるのは間違いない。

「グナーデ、使者が来るのはいつだ？」

「はい、4日後と聞いております」

「では、僕たちは3日後に視察にでも出るか。そうだな、久しぶりに僕の領土へ向かうのはどうだ？　使者との謁見は病欠にでもしておけ」

正式な使者であれば国王と共に謁見の時は参列するが、今回は非公式だとされている。病気であれば仕方がないだろう。

「……畏まりました」

グナーデは不安そうな顔を隠せない。いつもはピンと三角に立っている耳が、心なしかしんなりとして見えた。

「決めたことだ。変更はしない」

グナーデがいつも以上に心配しているのには理由があった。

ミットライトは、自身の誘拐計画があることを知った時から考えていたことがあり、その考えをグナーデに打ち明けていたからだ。それは誘拐計画を利用し、ミットライト自ら聖グランツ皇国へ乗り込むというものだった。グナーデはもちろん反対したが、ミットライトはかなりのリスクを負うとしても直接聖グランツ皇国へ行きたかった。

（白き神子リートゥスに会う）

ミットライトは偽神子に会って真偽を確かめたかった。

こればかりは直接会う以外に確かめるすべはない。

しかも、この話はヴィレには知らせずに行くことにしている。事前に知らせれば、ヴィレは絶対にミットライトの単独行動を許さないだろう。下手をすれば計画自体阻止されてしまう。

（僕が誘拐されれば、ヴィレは必ず僕を助けにくる）

ヴィレが同行したほうが道中は安全ではあるが脱出が難しくなるとミットライトは考えていた。ミットライトと共に捕まってしまっては、かつて騎士団長だったヴィレはミットライト以上に警戒され厳重に拘束され、脱出はより困難になるだろう。それよりはミットライトだけが捕まって、ヴィレが後から救助にくるほうが成功率は上がると考えているのだ。

そういう腹積もりがあって、ミットライトはまだ何か言いたげなグナーデに、この話はここまでだと言って切り上げた。

しかし、その様子にいつもと違うものを感じたのか、執務後にヴィレが食い下がってきた。

「ミットライト、話がある」

「……視察のことなら話すことはない。3日後の夜に出発する。以上だ」

「何故、そこまで領地の視察を強行する？」

「領民からの陳情書が届いたからだ」

「それはどんな内容だ？　すぐに行かねばならぬほどか？　もし――」

「騎士ヴィレ、お前の主は誰だ？」

言葉を遮るようにして名を呼び、しつこく食い下がるヴィレに真っ直ぐに向かい合った。

「お前が僕を案じているのはわかっている。だが、僕だってやらねばならないことがある」

「それは――」

「ヴィレ……この世界でも僕だけが助かっても意味がないんだ。僕が生きているだけでは意味がない。世界が救われて初めて僕の存在が意味を成す」

一国の王子であることだけではない。長く長く転生を繰り返してきて、人間たちの力では乗り越えられない禍を幾たびも乗り越えてきた。

神の力の素晴らしさは誰よりも知っている。だが、神の力が及ばぬこともある。人の営みや国の政治。神の力は人の行いに影響するようなことはない。その最たるものが獣人への差別だ。

獣人は人間と何ら変わりがない。ほんの少しだけ違う印を持って生まれてくるだけだ。

しかし、人間はそれを厭う。そして差別し虐げる。

それを救う事は神の力ではできない。獣人が立ち上がり、そして人間が変わらねばならない。

それは神の力で変えるものではなく、人が人の力で乗り越えねばならぬものなのだ。

「僕ができることをせずにこの世界を終わらせるわけにはいかないんだ。これは僕が僕であるために必要なこと。それを止めたら——」

ただ、呪われて永久に生きる屍。

それを言葉にはしなかったが、ヴィレには伝わったようだ。

ミットライトがこの先もずっと長い転生を続けて行く上で、ミットライト自身が腐り落ちてしまわないために必要なことなのだと。

ヴィレもそれ以上は何も言わず、最後にこれだけはと言った。

「ミットライト、本当に約束してくれ、俺の側から離れないでくれ」

「……出来る限り努力しよう」

ヴィレの願いも、ミットライトの返事も変わらない。きっとヴィレもミットライトの返事が肯定ではないと分かっているだろう。それ以上言わないのは、言ってもミットライトの返事は変わらないからだ。

（ヴィレ……）

ヴィレの一途な眼にミットライトは不安になる。

（ヴィレは僕から解放されなくてはならないのに……）

ミットライトはその眼を出来るだけ見ないようにして、部屋を後にした。

そして、その翌日、ミットライトはヴィレの前から姿を消したのだった。

「ミットライトはどこだ!?」

離れの中に響き渡るような声で、ヴィレはミットライトの名を呼んでいた。

出発前日に、ヴィレはミットライトに命じられ、御典医や宰相の下に薬や書面を取りに行き、戻ったら姿を消していた。

「落ち着いてください、ヴィレ様」

いつぞやの牝牛の獣人の女官が、屋敷の中を走り回るヴィレの前に立ちふさがった。

「ミットライト様はグナーデと共にご領地へと向かわれました」

「やはりか」

ヴィレは苦いものでも噛みしめたように顔をしかめる。思わずぐるると喉を鳴らしてしまい、周囲の者たちを怯えさせてしまった。

「こ、こちらをグナーデから預かっております」

女官は震える手で封筒を差し出す。

「グナーデから？」

ヴィレはそれを受け取るとすぐに封を切った。中にはグナーデの几帳面な文字で、ミットライトの本当の計画について書かれていた。

「わざと攫われて、聖グランツ皇国へ行く……だと？」

何か考えているとは思ったが、まさかそこまでやらかすとは思っていなかった。

「出立したのは何時だ？」

「2刻ほど前です」

馬車の出る音はなかった。王城から徒歩で抜け出し、辻馬車か馬を手配しているかもしれない。今から馬で追っても、追いつくのはかなり先になる。

「くそっ」

それでも追わないという選択肢はない。ミットライトがいない状態で、単独で城外に出ることは禁じられているが、ミットライトが抜け出せたのならヴィレが抜け出すことも可能なはずだ。ヴィレはそのまま踵を返すと離れに面した庭に出る。もうすでに日が暮れ落ち、王城には明かりがともされているのが見えた。

「アインス！」

名を呼んで口笛を吹くと、どこからか遠吠えが聞こえてきた。

しばらくすると、暗がりからのっそりと狼たちが姿を見せる。

「アインス、この城から抜け出したい。出口を教えてくれ、それと――」

ヴィレは先ほど受け取ったばかりの封筒と手紙をアインスの鼻先に差し出した。

「この匂いを覚えて後を追ってくれ。灰色猫の獣人だ」

ふんふんと匂いを嗅いでいたアインスたちは、ウォンッと小さく鳴くと、ヴィレを先導するように裏庭の方へと歩き始める。

(何としてでも追いつかなくてはならない)

そして、ヴィレは大した荷物も持たず、騎士の装備だけで王城から抜け出したのだった。

刻、同じ頃。

ミットライトとグナーデは、グナーデの駆る馬に乗り、一路城下町から離れていた。

王城を抜け出して街の外れまで来たところで、グナーデが手配した馬に乗って移動を開始した。道中の厳しさを思い、グナーデは辻馬車を用意すると言ったのだが、馬車では襲われた時に騒ぎが大きくなる。それを危惧したミットライトが馬を指定したのだ。

（できれば、城にバレる前に戻りたいが……）

安易に考えてはいない。単身で敵国の城、しかも、中枢の人物の前に向かおうというのだ。危険な賭けには変わりない。

「ミットライト様、前方に人影が……」

馬を走らせながら、グナーデが言う。

「来たか」

ミットライトは前方に佇む人影を見た。軽装備ではあるが、皆一様に剣を下げている。冒険者などではない、兵士のいでたちだった。

ミットライトは聖グランツ皇国の使者たちは陽動だと踏んでいた。

使者が王城に来れば、ミットライトの配下に置かれたヴィレを庇うために、ミットライトがヴィレを連れ出すか、ヴィレが使者と会わないように城外に逃がすだろう。そこを狙えば、上手くいけばミットライトとヴィレの二人を捕らえることができると。

そう読んで、ヴィレを遠ざけ、自分一人が捕まるためにグナーデと二人で城を出たのだ。

「止まれ！」

一人が道の真ん中まで出て立ちふさがった。

止まる謂れはなかったが、グナーデは言われるままに馬を止めた。

「何事ですか？」

グナーデが立ちふさがった男に声をかけた途端、左右に立っていた男たちに引き摺り下ろされそうになる。

「やめろっ！　何をするっ⁉」

「黙れっ！」

頭を摑まれて口をふさがれる。ミットライトは手を振り回して藻掻いたが、馬の背から引き摺り下ろされ、硬い地面に押し付けられた。

「ご主人様っ！」

グナーデはミットライト様とは呼ばなかった。

だが、ミットライトを捕まえている男たちは、ミットライトだけを狙っているのが明らかだった。グナーデに逃げろと言いたかったが、何か布のようなものでぐるぐる巻きにされていて、顔を押し付けられているせいか声をあげることは出来ない。

「あっ、こいつっ」

「逃がすなっ」

「獣人だっ！　素早いっ」

男たちの言い争うような声が聞こえる。

「くそっ、逃がしたか」

「追えっ！」

「無理だ、人間の足では追いつけない」

「ここから早く立ち去るべきだ」

どうやらグナーデは上手く逃げ出せたようだ。

最初からグナーデには抵抗せずにすぐに逃げろと伝えていた。

男たちは何事か相談し合った後、グナーデを追うよりこの場から立ち去ることを選んだようだ。ミットライトは粗雑に担ぎ上げられ、苦悶の声をあげたら「黙れ」と一喝された。

そして、そんなに歩くこともなく、ミットライトは硬い木の床に放り出された。

「殺されたくなければ、大人しくしていろ」

男の一人がそう言って、ガチャンと何かが閉まる音がした。

（荷馬車か……）

じっとして耳を澄ますと、馬の嘶きと男たちの声が聞こえる。

何を話しているのかまではわからないが、慌ただしく何か支度をしているようだった。

そんな声を聞いていると、不意にパシッと鞭の音が鳴り、馬車がガタンと動き始める。

（何とかして方角が分からないか？）

ミットライトは聖グランツ皇国までの逃亡路は奈落の森を予想していた。

奈落の森はハイルング王国側からは切り立った崖のような急斜面の森林を降りて行かねばならないが、逆に聖グランツ皇国からの進入路として崖を登るのは不可能に近いので警備が薄かった。それ故、奈落の森は国外に脱出するなら一番手薄な国境と言えた。

ミットライトが硬い床板に身体をこすりつけるようにしてもぞもぞと動いていると、巻き付けられていた布が緩み、何とか拘束を外すことができた。動き回っていることを感づかれないように、そっと荷台の後方へ近寄ると閉じられた木の扉を押してみるがビクともしなかった。

(さすがに施錠されている……)

他に外を覗けるところがないものかと見回すと、荷台を覆う幌の一部が破れて捲れ上がっていた。その破れ目に手を突っ込んで引っ張ってみるが、どうやら素手で破けるような布ではなさそうだ。

それでも何とかして広げると、顔を覗かせるぐらいの隙間ができた。

そこから見える空はとっぷりと日が暮れ、星が見え始めている。

(星を読めば方角が分かる。……山羊が夜目の利かない動物ではなくて助かったな)

瞳孔が開き、暗い中でも星の光を拾うくらいは出来る。

(王城の方角が向こうで……)

やはり奈落の森の方へ向かっているようだ。

(周囲は畑か……こんな見晴らしの良い場所を移動するのか?)

ミットライトは頭の中に国土の大まかな地図は叩き込んであった。

奈落の森までは何通りかの通路がある。

一つは舗装された交易路。最短の道のりだが、街道沿いには村もあり宿もある。国内移動の主要路の一つだ。

もう一つは山道。道は険しいが木々が生い茂っており、身を隠して移動するには都合がいい。

最後は農地を抜ける道。人気は少なく、周囲に人はいないが、見渡す限り広がっているのは麦畑で、身を隠すような場所はない。

(山道へ行くかと思ったが、農地の真ん中を突っ切るとはな)

これでは追手がかかれば、ある程度距離が近づけば丸見えになる。

(なるほど、これも罠か)

ミットライトを誘拐した連中には、ヴィレがミットライトの侍従騎士になっていることはすでに知られているだろう。本来ならば一緒にいるはずのヴィレがいないということは、後から追ってくる可能性があるという事だ。

(グナーデを逃がしたのもおそらく――)

後を追ってくるヴィレにミットライトの誘拐を知らせて誘き寄せるためだ。

(ヴィレ……)

ヴィレは絶対に追ってくる。

だが、今はヴィレに追いつかれるわけにはいかない。

(グナーデが上手く足止めしてくれていると良いんだが……)

ミットライトは布を引っ張って幌の破れ目が分からないようにすると、自分を縛めていた布の上に座り込んだ。外套は着ているが、隙間風の吹き込む荷台の上は少し寒い。

耳を澄ましても男たちの会話は聞こえない。ガタガタと馬車の揺れる音と何頭かの馬の蹄の音。無駄口をたたかないところを見ると、兵士か騎士のように思われる。

(少なくとも、夜盗のような連中ではなさそうだな)

このまま、ミットライトは聖グランツ皇国へ連れて行かれるだろう。

白き神子リートゥスがミットライトを狙う理由が分からないが、リートゥスと会えば神子かどうかの真偽はわかる。

(少し休むか……先は長い)

奈落の森に到着すれば、そこから先は徒歩で行くしかない。

体力を温存して、いざと言う時に備えなくてはと思い、ミットライトは壁に寄り掛かり目を閉じた。

ミットライトが囚われ、グナーデはミットライトの命令通りその場から逃げ出した。

追手を覚悟したがその姿はなく、逆に、前方から迫ってくる獣の気配に身構えた。

(狼!?)

何かを知らせ合うような獣の遠吠えが聞こえる。

グナーデが木に登って身を隠そうと足を止めた瞬間、目の前に黒い影が飛び出してきた。

「ひっ！」

全身が総毛立つような恐怖を感じた。ぐるる……と唸り声が聞こえる——黒い影は狼だ。しかも一頭だけではない、目に見えるだけで三頭、物陰にも気配を感じる。

どうするか——と、ベルトに挟んだナイフの柄を握り締めた時、聞き覚えのある声に名前を呼ばれた。

「グナーデ！　一人か!?」

「ヴィレ様……」

グナーデはヴィレの声に安堵した。目の前にいる獣の恐怖が去ったわけではないが、ヴィレは狼の獣人だ。この数の狼を追い払うぐらいは簡単だろう。

そう思っていると、ヴィレは狼たちを追い払うどころか、まるで犬でも撫でるように一頭一頭の頭を撫でながら姿を現した。

「アインス、ツヴァイ、よくやった。あとで肉をやるぞ」

「……この狼たちは？」

グナーデが問うと、ヴィレは苦笑した。

「前に話していた俺の仲間だ。リーダーのアインスとサブリーダーのツヴァイ。そしてこの二頭が率いる狼の群れだ」

ヴィレが紹介したのが分かったのか、狼たちはウォンッウォンッと短く鳴いて見せた。

「あぁ……仲間というのはこの……」

グナーデは狼の正体がわかってほっと胸をなでおろす。

「それより、グナーデ、一人なのか？　ミットライトはどうした？」

「ミットライト様は……この先の辻で男たちに攫われました」

「……計画通りという事か」

ヴィレは眉を顰めて渋い顔をする。ミットライトはわざと攫われ、グナーデはミットライトの命令通りにそれを見送ったという事だ。

「馬を殺されたので走ってきましたが……半刻ほど前です」

「獣人の足で半刻……ツヴァイ、今すぐに何頭か連れて後を追え」

ヴィレがそう命じると、ツヴァイと呼ばれた狼は短く吠えて応え、暗がりから姿を現した二頭を引き連れて道の先へと走って行った。

「あいつらはミットライトの匂いも覚えているから、どこまでも追い続けるだろう。聖グランツ皇国に入っても、居場所を教えてくれるはずだ」

もちろんすぐにヴィレも後を追うつもりだが、グナーデをこのまま残しては行けないのだろう。

「申し訳ありません、ヴィレ様」

グナーデはミットライトの策に従って、ヴィレに黙って城を出たことを詫びた。

「……正直、腹は立つが、手紙を残してくれたおかげでここへ来れたのもある。それに、どうせミットライトの命令だったのだろう？」

グナーデはミットライトに一番近しい従者で、ミットライトが過ぎた行いをすれば諫めることもあった。しかし、ミットライトを一番理解しているのもグナーデだったので、ミットライトの真剣な願いである聖グランツ皇国行きを反対しきれなかった。

「それで、手紙に書いてあった俺に手伝ってほしいこととはなんだ？」

ヴィレはグナーデに向きなおって聞いた。グナーデの残した手紙には、ミットライトと二人で城を出ることと、追ってくるのならばグナーデと合流してミットライトを救出するために手伝ってほしいことがあると書かれていたのだ。

「ミットライト様から、廃神殿にある剣を持ってきてほしいと言われています」

「廃神殿？　剣？」

ヴィレは今すぐにもミットライトを追いたい気持ちで焦っているが、ミットライトが意味もなく何かを頼むことはないはずだ。

「その廃神殿はどこに？」

「ミットライト様のご領地の奥、奈落の森の頂上です」

「頂上？」

「はい。そこは奈落の森から続く山の上にあり、獣の足でなければたどり着けないため『獣の神殿』とも呼ばれております」

「そこで、剣を取って来いというのだな」

「はい。そう言いつかっております」

ヴィレはしばし考え込むような様子を見せた。

グナーデとしてはすぐにミットライトを追ってほしいが、剣を取りに行くことはミットライトからの願いだった。しかし、廃神殿まで剣を取りに行けば、ミットライトに追いつくことはできない。

事態は一刻を争う。

「俺は……」

ヴィレは自分の考えをグナーデに告げると、グナーデの護衛のために一頭の狼を残してから、残りの狼たちを引き連れて走り出したのだった。

◆◆◆

荷馬車はかなりの長距離(ちょうきょり)を休みなしで走っている。

時折、馬を休ませるために馬車を止めたが、それは馬を休憩(きゅうけい)させるのではなく、別の馬と交代させるためのものだったようだ。

荷台の扉(とびら)が開いたのは一度だけだ。だいぶ距離を走ってから馬車が止まり、フードを深くかぶり鼻の上まで布を巻いて顔を隠(かく)した男が、ミットライトに革(かわ)の水筒(すいとう)に入った水を与(あた)えてきた。

ミットライトはおびえた様子でその革水筒を恐(おそ)る恐る受け取ると、ほんの少しだけ飲んでから男に言った。

「僕をどうするつもりですか……」

その弱弱しい声に、男は一瞬眉を顰めたが、すぐに表情を消す。

男からは薄荷のような涼し気な匂いがする。嗅覚を利かなくさせるような匂いで気になったが、何か少しでも情報が得たくて話し続けた。

「あの、僕は王子ですが、王位継承権のない獣人です……だから……」

「お前は黙って俺たちについてくればいいんだ」

顔を隠した男の背後から、荒い言葉遣いの男の声が割って入った。

ミットライトが恐る恐る顔を上げると金髪の男が顔を隠した男を押しのけて荷台に上がってきた。

「ひっ……」

「その面でヴィレを唆したのか？　あの黒犬野郎はそんなに良かったか？」

金髪の男はミットライトの髪を摑み、震えて俯きそうになる顔をぐっと上向かせた。

「や、やめて」

「へぇ、綺麗な顔をしてるな。傾城って奴はいつも顔だけは綺麗らしいが、白き神子様はそんなものには絆されないから覚悟しておくんだな」

金髪の男はそう言うと、乱暴にミットライトを突き放し、荷台から降りて行った。顔を隠した男が黙って荷台の扉を閉め、しばらくすると馬車は再び動き出した。

ミットライトは突き飛ばされた時のまま、荷台の床で仰向けに横たわっている。

（傾城だと？　何を言ってるんだ？）

聖グランツ皇国の皇帝を誑かす存在だというのだろうか？

（まぁ、でも、何となく読めてきた）

国を脅かす存在として白き神子の前に連れ出し、白き神子が仰々しく神託でも受けるのだろう。

『この者は、国を惑わす魔性の者です』

そのセリフまで頭に浮かぶ。

そうやって無実の罪で獣人たちが処刑されてきた。ただ人間と姿が少し違うというだけで。

——獣人であるだけで。

（だけど、それなら神託の儀式があるだろうから、すぐに殺されることはなさそうだな）

儀式にはそれなりの準備と段階が必要だ。その場で殺して終わりではない。如何に大義名分を掲げて、もっともらしく処刑するかに意味がある。少なくともリートゥスとの面会が設けられるはずだ。

その時にミットライトがリートゥスの化けの皮を剝がせるかどうか。

化けの皮さえ剝がせば、ミットライトに逃げるチャンスが生まれる。

（しかし、白き神子リートゥス……何者なんだ……）

ミットライトがいくら調べてもその経歴は不明なところが多い。話によれば先代皇帝の時代から神殿に仕え、その時に皇帝に奏上した神託で信頼を得て神子と認定されたらしい。

だが、それより前、神殿に仕える前の記録が一切ない。大抵は、生まれた時から何らかの才に恵まれ、人より優れた存在であったとか、こんな善行を行っていたなどの逸話があるものなのだが、リートゥスにはそれが一切ないのだ。

それどころか生まれた土地すら不明なのだ。表立っては神殿に置き捨てられた孤児で、幼いころから信心深いなどという話もあるのだが、余りにも型通りの記録しかなく、物語の序章のようなのだ。

（魔術師ならば、自分の生まれを隠していてもおかしくはないが……）

ヴィレから聞いた話では、先代皇帝から仕えているというのに、外見は若いまま変わらないらしい。魔術師は自身に術をかけ、見た目を変えることができるものもいる。生誕の記録を隠すのは呪いの魔術をかけられないようにとの自衛でもある。

だが、どこか何かが引っかかる。

（魔術師……）

この世界ではごく限られたものだが人間は魔術を使うことができる。

獣人には使えない。獣の権能があるのに魔術も使えるものは魔力を持った獣――つまり魔獣だという事になる。実際に魔力を帯びた突然変異の魔獣が現れて、国を挙げて討伐した記録が残っている。

魔獣は災禍だ。放っておけば、国も人も何もかもを荒らし尽くす。

だからミットライトは自分に神子の力があることを隠している。ミットライト以外のものには神の力と魔術の区別はつかない。それどころか下手をすれば魔獣だと言われて、殺されてしまう可能性すらある。

(僕の中にあるのは昔から変わらない神の力……)

ただ、最初の世界程の威力はもうない。神の存在が遠く伝承の先になり始めているこの世界では、神の力はそこまで必要なものではないのかもしれない。

しかも今回はミットライトとヴィレの中に分かれて存在している。ミットライトの中にある力だけでは、そこまで大それたことは出来ない。

(今、干ばつが来ても、それを追い払う程の長雨を呼ぶことは出来ない。せいぜい一瞬大きな雨を呼べる程度)

神の存在は遠く霞み始めているのに、呪いだけが残り続けているというのは皮肉なことだけれど、今や神の力の大きさを強く感じるのは、自分が長く転生を繰り返しているという事ぐらいだった。

(それとも、神の力が分かれている事にも意味があるのだろうか……)

すべての事象は結末に向けて繋がっていることが多い。

故に、途中で一つ選択を間違えると結果が大きく変わってしまうことは多々あった。

「油断しないようにしないと……」

ミットライトは小さく呟くと、ガタゴトと続く轍の音を聞きながら静かに目を閉じた。

体力を温存しておかないと、奈落の森を越えるのは辛い。森を抜けるだけで体力が尽きてしまったら、聖グランツ皇国で動けなくなってしまう。

白き神子の前に行くまでは、抵抗せず静かにしているしかないのだった。


それから馬車は数刻走り続け、不意に止まった。

「降りろ」

荒々しく荷台の扉が開かれ、金髪の男に命じられる。

ミットライトはおどおどとした様子を崩さず、男の言葉に素直に従った。

金髪の男はミットライトが怯えて従順でいることに気をよくしたのか、再びニヤニヤと笑いながら顔を覗き込んできた。

「さて、ここからは歩いていただきますよ、王子様。途中で転んでも俺たちは助けないからしっかり歩けよ」

「そんな……ここは奈落の森じゃないですか……」

奈落の森はハイルング王国と聖グランツ皇国の国境にある森のことで、その森は平地ではなく一歩でも足を踏み外せば転落して命はないほどの切り立った崖になっている。足をかける場所もほとんどないようなところに木が茂り、木々が視界を遮っていることから森と呼ばれていた。

あまりにも交通が困難な場所のために、互いの国が国境砦を置かないほどの場所だった。

その場所を前にミットライトはサービスでもう少し怯えて見せた。

支配欲の強いタイプには、無抵抗で弱弱しい姿を見せておくとそれだけで満足して油断を引き出しやすい。この金髪の男は間違いなくそのタイプだった。

「ああ、そうだ。ここから先は切り立った崖の道なき道を進むことになる。一歩踏み外せば真っ逆さまだ」

ゲラゲラと笑いながら言う金髪の男をミットライトは震えながら見ているが、心の中では嘲笑を隠せずにいる。

（こいつは馬鹿か？　僕は山羊の獣人だぞ？）

普段は口うるさい宰相や貴族たちに揚げ足を取られぬように大人しく暮らしているが、ミットライトは獣の権能をきちんと備えていた。

山羊にとって切り立った崖を降りることなど造作もないことだ。

（多分、狼の獣人であるヴィレや猫の獣人であるグナーデもここを抜けることは出来るはずだ）

実は奈落の森は人間にとっては難所中の難所だが、獣人にとってはそこまでの難所ではない。だから聖グランツ皇国から逃げる時には奈落の森を登るつもりでいる。そうすれば人間には追ってこられない。

ミットライトはそんな腹積もりなど微塵も感じさせないか細い声で「僕には無理です」と訴えた。

「無理でも行くんだ。ぐずぐずしていればヴィレが助けに来るとでも思ってるのか？　そうなったら俺がお前共々ヴィレもひっ捕らえてやる」

金髪の男は何が楽しいのか品のない大声をあげて笑うが、周囲の連中はそんな男を感情のこもらない目で見ている。日頃の様子がミットライトにも透けて見える気がした。

「さぁ、出発だ。とっとと歩け！」

金髪の男が機嫌よく宣言すると、ミットライトは男たちに取り囲まれ、奈落の森へと入る道を歩き始めた。

道といっても奈落の森に入ってしまえばそんなものはすぐになくなってしまう。足を踏み外せば転落しかないような急斜面に奇妙に歪んで生える木々の間を、その木々に摑まりながらゆっくりと降りるしかないのだ。森の中に入って、足場が途絶え、急斜面が見えたあたりで、男たちは太い縄を取り出し、崖の際に根を下ろした頑丈そうな木にそれを結び付け始めた。

「お前はこっちだ」

前に馬車で水をくれた顔を布で覆った男が、ミットライトと自分の胴を縄でつなぐ。

「落ちて死なれたら、神子様に罰せられるのは俺たちになるからな」

男はそう言うと、ミットライトの手を握り、崖の際に立った。

ミットライトは大人しく男に従うが、その様子には不安しかない。

（足場選びが悪いな……こんなんじゃ何歩も行かないうちに崖から落ちる）

そんな風に考えていた途端に、前方で叫び声が上がった。

「おいっ！　大丈夫か！」

先頭を歩いていた男が足を滑らせたようだ。

「くそっ！　このグズどもめ」

金髪の男は毒づくが、隊列は早くも崩れてしまった。

あまりの状況に思案して、ミットライトは自分とつながっている男にそっと声をかけた。

「草が生えてるところを踏んだ方がいいと聞いたことがあります。草の根が張っているので、何もない所よりは崩れづらいかもしれません」

この辺りの芝は地下茎が網目のようにがっちりと岩場を掴んで生えているので、草がある部分を渡る方が安全だった。

ミットライトがそれを男に伝えると、男はすぐに傍にいた別の男に同じことを伝えた。そうやって話は前の方に伝わり、金髪の男にも伝わったようだ。

「おいっ！　お前ら、草の生えている場所を踏め！　草の根で地面が多少はかたいぞ！」

金髪の男はまるで自分の知恵であるかのようにそう言うと、他の男たちは黙ってそれに従って崖を降り始めた。

その後も、無事に下まで降りるために、ミットライトは男に助言を与えた。縄で繋がれている以上、隊列の安全は自分の安全となる。

「お前は、物知りだな」

崖の途中でわずかに休憩を取った時に、顔を隠した男にボソッと言われた。

顔を布で覆ったままで、相変わらず表情はわからないが、ミットライトの助言に助けられ続けているので心を開いてきたようだ。

「僕は王子だけど、城では王子として扱われません。自由にできるのは物を学ぶことだけでしたから……」

嘘は言っていない。

長い転生の間には山で暮らす集落に生まれたことも砂漠の多い土地に生まれたこともある。そういったところでの生活は特殊だが、そこで暮らす方法は確立されていた。色々な場所で経験したことから学んだことは、すべてがミットライトの中に積み重なっている。

（グナーデとヴィレは無事に剣を手に入れただろうか……）

ミットライトはこの計画を立てた時に、ミットライトが不在の間にとある剣を取りに行って欲しいと伝えていた。

その剣は奈落の森とミットライトの領地を挟んだ反対側、奈落の森が下に下る森ならば、その逆の山頂へ続く森、この土地の人たちには奈落の森の頂上と呼ばれている場所にある。

ミットライトが知るその場所は、こんな風に切り立った崖ではなく、多くの人が登って礼拝に来る神殿があるような場所だった。

（もう何百年も昔のことだけれど……）

その後に天災が起こり地形が変わって神殿だけを残して、人の近寄れない場所となってしまった。

神殿が今も残っていることはわかっている。今は廃墟となっているが、王城に残されている歴史書を読む限り、ある時、大雨が続き、地滑りが起きて神殿への道は閉ざされたとある。それならば、神殿を取り壊したり、そこにあるものを運び出せてはいないということで、そこにはまだ当時のものが残されているはずだ。

(そこにはヴィレの剣がある)

最初の世界でヴィレが神に抗った時に使った剣が。

そこにあったのは最初の世界でミットライトが住んでいた神殿。

ミットライトが呪われた後に、大雨に襲われ廃墟となった。

(あの剣ならば魔術に対抗できるはず)

神子を守るために人々の祈りが込められた剣。それは魔術に脅かされず、神子を守るためにある剣。

白き神子の許に連れて行かれても、とりあえずは逃げるつもりでいるが、白き神子が神子でなければ逃げた後も対決は避けられない。

その時にその剣は絶対に必要になる。

そう考えて、ミットライトはヴィレとの合流を遅らすための足止めもかねて、ヴィレに剣を取りに行かせるようグナーデに頼んでおいたのだ。

「そろそろ行くぞ」

男に声をかけられて、ミットライトは顔を上げた。

泥に汚れて疲れた顔を見せると、男は少し考えてから腰に下げていた袋から数枚の葉っぱを取り出してミットライトに渡してきた。

「薬草だ。噛むだけで少し楽になる」

疲労に効くという薬草で獣人にも害はない。ただ、その薬草はそれなりに高価な品だったはずだ。

「いいの、ですか？」

ミットライトが躊躇うように言うと、男は黙ってミットライトの手に薬草を握らせた。

「お前が歩けなくなったら元も子もない」

そして、ミットライトがおずおずと薬草を口にするのを見届け、男は黙って歩き始めた。


「そろそろ平地に降りるな」

幾度目かの休憩の後、さすがに疲れをにじませた声で金髪の男が言った。

「ここから先は別の部隊が待っている。俺はそいつらの用意した馬車でこいつを連れて行くから、お前たちは後から来い」

隠密行動であるが故に、全員が移動できる馬車や馬は用意していないようだ。

（白き神子が僕を呼び寄せているのは皇帝の命令ではないようだな……）

ずっと一緒に行動してきて、この金髪の男がヴィレの言っていたクロイツ・ベーテンだと推測していた。

騎士団長として王城に謁見を申し出ているはずだが、それ自体がミットライトを城から出させるための策略だったようで、目的を優先してこうしてミットライトを連れているのだろう。

（白き神子の私兵か）

こういう手合いは気を付けなくてはいけない。国同士の関係性など無視して、自分が信奉する者のために動く。そういう輩は思い切ったことをするので面倒なのだ。

（今は白き神子の命があるから僕を黙って連れて行くが、僕が逃げ出した時に一番の追手となるだろう。白き神子に褒められたい一心で）

そんなことが手に取るようにわかる。浅はかな男だ。だが、浅はかなりに暴走するのが厄介だ。

「さあ、来いっ！　なんだ、薄汚い顔をして、王子様にはこの崖は苦しかったか？」

クロイツがニヤニヤと笑いながら、ミットライトの髪を掴んだ。

「や、やめてくださいっ」

「うるせぇ、どうせお前は白き神子様の前で処刑されるんだ。せいぜいその薄汚い顔で同情でも買うんだな」

「あっ！」

ミットライトは髪を放す時に突き飛ばされたが、近くにいた顔を隠した男が受け止めてくれた。

「おい、お前もそんな奴を庇うな」

クロイツに八つ当たりされても男は黙っている。

こいつに逆らっても無駄だという事が、全体に染み渡っているように感じた。

（部下の信用がないのは自業自得そうだが……）

気が済むまで喚き散らしたクロイツは、反応のない男に唾を吐きかけてさっさと崖を降り始めた。それでも男は何も言わなかった。

「あの、これを」

ミットライトは男にハンカチを渡した。

「僕を庇ったせいで、あの……」

「気にするな、大丈夫だ」

男はそのままハンカチをミットライトに返し、男も再び歩き始める。

もう少しで平地につくという時に、遠くで獣の声が聞こえた。どうやら狼の遠吠えのようだ。

（狼……ヴィレは無事でいるだろうか……）

ヴィレならば大丈夫だと思うが、ミットライトを人質にされている状況では無茶もできないだろう。

そんなことは気にせずに、ヴィレ自身の身を守ってほしいとミットライトは思うのだが、それをしないのがヴィレという男だ。

（いつも、変わらない……）

ヴィレのすべてはミットライトに傾いている。

この世界ではミットライトがヴィレを捉えたが、多分そんなことをしなくてもヴィレはミットライトを見つけ出しただろう。

(呪われている……)

永遠に転生を繰り返し、巡り合い続ける。

その度に二人は災厄に見舞われる。平穏で穏やかな人生など一度もない。それが呪いではなくて何と言うのだろうか。

せめてヴィレを解放してやりたいが、ヴィレはヴィレで記憶もないのに気がつけばミットライトの為に命をかけている。

(それもまた呪いだ……)

ミットライトに関わらず、ヴィレには幸せになってほしい。

そう思うが、なかなかうまく行かない。

「大丈夫か?」

考え込んでしまったせいか、男が心配そうにミットライトを見ていた。目しか見えないが、それでも男の気遣いが伝わってくる。

「ありがとうございます……大丈夫です」

ミットライトはニコッと笑って見せ、再び男と歩調を合わせて歩き始める。

そうやって一行は無事に平地に降り、そこには荷馬車ではない地味な辻馬車のような仕立ての馬車が待ち受けていた。

（二頭立ての馬車か……それならば皇都まで2日というところか……）

ミットライトは天を仰ぎ日の位置を見て時間を知る。日没まではまだ時間がある。夜通し走り続ければ明日の夜には皇都に入るかもしれない。

「おい、馬車に乗れ！」

御者と話していたクロイツがミットライトを怒鳴りつける。そして、その隣にいた顔を覆っている男にも言った。

「お前も一緒に来い。馬車に乗ってこいつを逃がさないようにしろ」

「……はい」

男はミットライトの手を引くと馬車の客室に乗せ、自分はその隣に座った。どうやらクロイツは馬車には乗らず馬で伴走するようだ。

ミットライトと男は着替えることもなかったが、馬車の窓から見るとクロイツはいつの間にか騎士装備に着替えていた。腰にはさっきまでなかった剣も下げている。

見張りもいるし、ミットライトは今逃げるつもりはない。

とりあえずは体力を温存して、白き神子との対面に備えようと思う。

「大丈夫か？」

男が幾度目かの心配を口にした。

顔を見ると相変わらず布で巻かれていて表情はわからない。わずかに布の隙間から覗く目が心配そうにしていると感じるだけだ。

「ありがとうございます。あの、貴方のお名前を教えてもらってもいいですか？」

「何故？」

男は言葉が少ない。一緒に居ても案じてくれるのはわかるが、必要なこと以外話すことはなかった。

「水をいただいたり、薬草をいただいたり、お世話になったのでせめてと思って……」

「お前、このまま皇都に行けば神子様に殺されるんだぞ？」

男は少し苛ついたように言う。

「俺の名前なんか何の役にも立たないだろう」

「それでも、僕は恩は忘れたくないのです」

ミットライトは一生、この男が死んでも——自分が死んでも覚えている。

それはこの男には意味がないかもしれないが、どこか先の世界でこの男の子孫に出会った時に何かできることがあるかもしれない。

「……ツェーン」

「ありがとうございます。ツェーンさん、貴方のことは忘れません」

ミットライトはそう言ってから微笑んで見せた。すると男——ツェーンは、気まずそうに目を背けてしまった。

それと同時にふわりと薄荷のような香りがする。

（泥だらけなのに……）

着替えもしていないのに、男からは会った時から柔らかく薄荷のような香りがする。身だしなみとは思えない様子に、何かの風習で身につけているものだろうかと思う。

(ただ、少し気になる……)

覚えのない香りなのに、どこかで知っているような気がする。忘れることのないミットライトが知らないのだから、覚えがあるはずはない。

気のせいかと思い、そのことを考えるのはやめて、すぐに別のことを考え始めたが、どこかでその香りが気になり続けていた。

皇都へ向かう馬車からは聖グランツ皇国の様子がよく分かった。街道の途中には皇都を賄うための酪農地帯が広がっている。

(これは……ひどい……)

平地に緑は全くない。牧草も作物もすべて茶色く枯れ果てている。牧草がないゆえにそれを食する家畜もいない。

(ひどい干ばつと飢饉……)

この様子は昨日今日の話ではない。地は乾ききり水の気配はほぼない。

「この干ばつはもう……ずっとなのですか……?」

ミットライトが訊ねると、ツェーンは黙って頷いた。

それで、聖グランツ皇国がハイルング王国を狙う意図が明確に分かった。

ミットライトが捕まえられてからずっと走ってきたハイルング王国の領内には緑があふれていた。これから時が進み実りの季節がやってくれば、その緑は豊かな穀物に変わるだろう。ハイルング王国は決して豊かな国ではないが、それでもすべての民を養うに困らぬ収穫がある。

そんな国が隣にあるのだ。自国を守るために侵略を選ぶのは当たり前のこと。

(しかし、これは人為的な干ばつ……魔術か、毒)

雨を遠ざけることは魔術でできる。雨を降らせるより遥かに簡単な術だ。そこに作物を枯らす毒がまかれれば、人工的な干ばつが完成する。

(白き神子リートゥス)

聖グランツ皇国を戦に導くためだとしたら——。

そんな存在が神子であるはずがない。リートゥスは明らかに災禍の側だ。


「降りろ！」

馬車に乗った時と同じようにクロイツの怒声が響き渡り、ミットライトは馬車から引き摺り下ろされた。

(くそっ！　乱暴な！)

良い扱いを期待していたわけではないが、想像以上に横柄なクロイツの態度にミットライトは腹の中で毒づく。

だが、それを表情にだしはしない。あくまでもか弱く怯える王子の演技を続けた。

先を行くクロイツにおずおずとついて歩く。その後ろにはツェーンもいたが、白き神子の神殿が見えるところまで来たらいつの間にかいなくなっていた。どうやらここから先は選ばれたものしか入れないらしい。

門番をひと睨みして神殿の門をくぐるクロイツについて行くと、ツェーンのほかにも付き添っていた男たちはそこで立ち止まり中へは入ってこなかった。

「何をしている、ぐずぐずするな！」

（騎士にあるまじき態度だ）

本来、騎士は国に忠誠を誓い、神への奉仕を行い、謙譲の精神を持ち、弱き者の盾となり保護する者だ。

それを弱き者には威張り散らし、強き者には媚び諂うとは騎士道の風上にも置けぬ男だ。

（白き神子が神の代理人であるならば、この男が守れているのは神への奉仕だけか）

それはすでに騎士ではない、ただの私兵だ。

そんな男について神殿の中をゆっくりと歩いて行くと、すれ違う者たちが皆頭を下げる。中には膝をつくほどの者もいた。

（実力はともかく、強制力は働いているようだな）

クロイツの家はそんなに高位の貴族なのか、白き神子の威光なのか。

ミットライトは色々と考えながら、そのまま白い石造りの神殿の中をどんどん奥へと進んで行く。

最初は白い神殿に陽の光が差し込み、輝くような美しさを誇っていたが、奥に進むにつれその様相は変わってくる。

（ここはなんだ？）

白い石造りであることは変わりがないが、奥へ行くと窓が少しずつ減って行き、回廊の両脇には松明が焚かれ、松明がなければ前も見えなくなるほど暗くなって行く。

（神殿なのか？）

作りは豪華だ。確かに神殿のような誂えで、美しい装飾の柱が連なり、真っ白な床が続くが――陽の光は一切なくなってしまった。

そして暗くなると同時に、何やら香のような臭いが漂い始める。甘く、べっとりと鼻腔に染みつくような重い臭いは、余り良いものとは思えない。

（これは、魔術的な香……）

薬草やハーブなどを調合して焚いているのだろう。詳しくどんなものが調合されているのかはわからないが、効能はよく知っている。

（人民の心を操り、洗脳する薬……）

過去に対峙したことのある魔術師が使っていたことがあった。この臭いをかぐと、思考能力が弱り、強き言葉に操られてしまうのだ。

ミットライトは神子の力を持っているために、魔術には抵抗力がある。故にこの香にやられてしまう事はないが、気分が悪いことには違いがない。

ふっと、前を歩くクロイツの様子を見ると、クロイツもこの香にやられているように見える。威張り散らして歩いていた足取りが、今はよろよろと酒に酔ったようにふらついている。

(やはり……白き神子は……)

――神子ではない。

「入れ」

回廊の突き当たり、大きな白い扉の前でクロイツが言った。先ほどまでとは全く様子が違う。虚ろな目、力ない声。

「…………」

ミットライトが扉に触ることを躊躇い、足を止めていると、扉が大きく開かれ始める。中は松明が焚かれているが薄暗い。しかし、明らかに他の部屋とは違う濃厚な香の香りがあふれ出てきた。

「入りなさい」

奥から男の声が聞こえる。抑揚のない静かな声だが、有無を言わせぬ圧もある。

奥からの声と同時にクロイツが動き、ミットライトは腕を掴まれ部屋の中に引きずられるようにして踏み込んでしまった。

その途端に扉は再び閉ざされ、苦しくなるような無音が辺りを支配する。目が慣れると奥には祭壇があり、その中央に置かれた椅子に誰か座っていた。

流れる豊かな白銀の髪、暗がりでも輝くような白い肌、そして、血のように赤い瞳——ヴィレの言っていた風貌と一致する。

(あれが白き神子リートゥス!)

ミットライトは初めて怖気立つという体験をした。見ているだけで足が震えてくる。

(絶対に神子じゃない……あれは……)

魔術師なのだろうと予測していた。ここへ来るまでの様子を見ても、リートゥスの振るう力は神の力ではなく魔術だと分かっていた。

だが、ミットライトはあと少し考えが到らなかったのだ。

(魔族……)

この禍々しさは魔術師などではない。魔力を持ち禍を振りまく存在。魔獣、魔人、魔物、悪魔——魔族と呼ばれる災禍。

その瞬間、ミットライトの中ですべてのことが繋がる。

ミットライトがこの世界に生まれたのは、この魔族の災禍から人と獣人の生活を救うため。戦火の広がりなどおまけに過ぎない。このままこの魔族を見過ごせば、空も大地も穢れ落ち、人々は苦しみ死に果てる。

「おや、さすがだね。私のことが解ったのかな？」

リートゥスはにっこりと清楚な笑みを浮かべ立ち上がる。ドレープが美しく波打つ法衣をひらめかせ、ゆっくりとこちらへ歩いてくる。近づいてくる度に空気が重くなって行くような気がした。

（なんて威圧感……）

ミットライトに神の力が宿っていなければ、立っていることもままならなかっただろう。

隣に立っていたクロイツはとっくに床に倒れ込んでいる。

この場に立っているのはリートゥスとミットライトだけだ。

「力なき神子、可哀そうに怯えて」

ミットライトの前にリートゥスが立つ。

ミットライトより頭一つ以上背の高い男は、顔だけ見れば聖職者の清々しさを湛えているが、その吐く息は毒なのではないかと思う程に息苦しさを感じる。

指先がミットライトの顎にかかり、ゆっくりと仰向かせた。

「美しい。本当に美しい。ヴィレも美しかったが、神子はお前の方だったのだね」

ヴィレ――という名前を聞いて、ミットライトは呪縛から解かれたように後退る。

「目的は何だ、魔族！」

「目的？」

「僕を呼び寄せてどうするつもりだ？」

「転生を繰り返す神子を呪いから解放してやろうと思ってね」

「は？」

リートゥスはその美しい顔をミットライトに寄せて囁く。

「お前とヴィレの中の神の力を私に寄越しなさい」

「なっ、それはっ」

確かに、その力を失えばミットライトもヴィレも普通の人間となり呪いの輪廻からは外れるかもしれない。

（だが、力をこいつに渡してしまえば、世界が滅ぶ）

魔族は災禍だ。理性もなく自分たちの愉悦にしか興味がない。

民の苦しみを好み、人の悲鳴を愛し、滅び行く荒廃を美しいと見惚れる。

ミットライトは魔族と対峙するのは初めてのことだったが、それを見過ごしてはならないことはよくわかっている。

かつて、ミットライト以外の神子たちが魔族と戦い、望み叶わず命を落としたという伝承もある。

「良い取引だろう？　お前はもう十分生きた。愛するヴィレが他の女のものとなる姿を見ることもなく、今この世界で何も考えずに生きて死ねばよい。それで何もかも終わる」

いやらしい話だ。

リートゥスはミットライトの心の奥底を知っている。長く生きることに倦み、ヴィレを失う

RUBY INFORMATION 7

July 2024

『若葉さん家の箱入りオメガ』
イラスト／麻々原絵里依

公式HP https://ruby.kadokawa.co.jp/　X(Twitter) https://twitter.com/rubybunko
〒102-8177 東京都千代田区富士見2-13-3　発行:株式会社KADOKAWA

し小説単行本

ト／秋吉しま

の泥棒転移者。
出逢い！

異世界転移してしまった安達。
帰すため、対立陣営が持つ宝
手始めに皇帝軍の将軍・アダ
・？

円＋税）※2024年7月現在の定価です。

受：安達

空き巣に入った家で異世界召喚に巻き込まれた転移者。大胆不敵で自由な人たらし。

す♪
on/

若葉さん家の箱入りオメガ

市川紗弓　イラスト／麻々原絵里依

幼い頃、オメガの発症のせいで子役を挫折した瑶は、バイト先で実業家のアルファのカイと出会う。自身もオメガ疑惑で差別を受けた経験を持つカイの後押しで、瑶は再び俳優の道を目指したいと思い始めるが…？

好評既刊

『寵愛の花は後宮で甘く香る』イラスト／みずかねりょう
『片羽の妖精の愛され婚』イラスト／街子マドカ
『竜人皇帝の溺愛花嫁』イラスト／古澤エノ

ことに怯えていることを。

「ヴィレから神の力を抜いてやろう。そうすればお前たちは何も苦しむこともなく、ヴィレもお前と番ったままだ」

酷薄そうな薄い赤い唇が歪むように嗤う。

「なぁ、神子といえどお前は人間だ。神を殺したんだろう？　神の望むままに生きる必要なんかない、そうだろう？　神子ミットライト」

「そんなことは——」

リートゥスの言葉を否定しようとしたら、言葉が詰まり声が出なくなった。

（やばい！）

そう思った時には遅かった。

長時間、魔族リートゥスの魔力にあてられ続けた所為か、ミットライトは強い痺れを感じて体が重くなる。神子の力が万全であれば魔力には抵抗できるはずだが、それも完全ではないミットライトに限界がきたのだろう。ミットライトはリートゥスの顔を睨みつけたまま、その場に崩れるように膝をついた。

「力が抜けて行くようだな。そうやって逆らわずにいれば、夢を見るように何もかも終わる……」

リートゥスはミットライトの前に屈みこみ、再び指先で顔を仰向かせた。

ミットライトは憎しみに瞳をギラつかせてはいるが、もうその指を振りほどくこともできないほど痺れが回っている。

（このままじゃ、拙い）

リートゥスが言う通り、神子とは言えミットライトは所詮獣人なのだ。純潔を保たねば神の力をその身に留めることができず、それはつまり——純潔を失えば力は奪われてしまう。

触れていた指先に苦しいくらい上向かされると、リートゥスはべろりと長い舌でミットライトの頬を舐めた。

「神の庭の山羊の肉は甘いな」

「っ……！」

いっそ舌を噛み切ってでも——と考えた瞬間。信じられないものが聞こえた。


おおぉーーーーん……


狼の遠吠え。

山からも森からも離れたこの皇都の、魔族の神殿の中で、間違いなく狼の遠吠えが聞こえる。

「ミットライトッ！　ここかッ！」

閉ざされている扉の向こうからミットライトの名を叫ぶ声が聞こえた。

ドンッ！　ドンッ！　っと大きな音が数回響き、最後にドカッ！　とひときわ大きな音がして扉が弾けるように開いた、それと同時に黒い影が雪崩れ込んでくる。

「アインス、ツヴァイ、行け！　ドライ、ミットライトを守れ！」

　先頭を切って飛び込んできたのはツェーンだった。相変わらず顔を布で覆っているが、手には剣を持ち、軽鎧を身につけている。一緒に飛び込んできたのは数頭の狼だった。獣人ではない正真正銘 四つ足の獣の狼だ。

　ツェーンは狼たちに指示を出すように叫ぶと、自分は真っ直ぐにリートゥスに斬りかかった。

「ミットライトを放せっ！　リートゥス！」

「お前は――こざかしい奴めっ！」

　リートゥスはツェーンを見ると目を瞠って驚いたのちに、憎々しげに彼を睨みつけた。ツェーンはそんなリートゥスの変化には構わず、剣を振りかざし躊躇いなく斬りつけた。だが、リートゥスは難無く腕で刃を受け止めた。

「アインス！　ツヴァイ！」

　ツェーンの声に応えて二頭の狼も襲い掛かるが、リートゥスが手を振るだけで見えない何かに弾き飛ばされてしまった。

「ツェーン！」

　ミットライトは思わず名を呼んで立ち上がろうとするが、いまだに体から痺れは抜けず、周りにいる狼たちに押さえ込まれてしまう。狼たちは、ミットライトを傷つけないように服を噛み、少しでもこの場から遠ざかるようにと引っ張り続けていた。

　アインスとツヴァイと呼ばれている狼は、リートゥスに幾度拒まれても勇敢に立ち向かって行く。

ツェーンと狼たちは何かの加護を受けているのかリートゥスの魔力の影響は薄いようだが、ここに長時間いればミットライトのように動けなくなってしまうだろう。

「ツェーン！　その剣ではそいつは倒せない！　今は引け！　逃げろ！」

ミットライトは何とか声を振り絞って叫んだ。

だが、ツェーンは引かずにリートゥスに更に斬りかかる。が、その度に受け止められ、ついには剣が折れてしまった。

「くそっ、此処までか」

ツェーンは折れた剣を放り出すと、顔を覆っていた布をはぎ取り、大きく体を震わせる。

「えっ⁉」

現れたのは蘇芳混じりの黒髪、褐色の肌、強い意志を宿す金色の瞳。布の下から現れた顔はよく見知った男――ヴィレだった。

そして、ヴィレは姿を明らかにしただけでなく、さらに変化を続ける。ぐるると喉を鳴らしながら、頭上には三角の耳が立ち豊かな髪は鬣へと変わった。更に伸びた口吻には牙が見え、そこで留まらず、大きく声をあげて遠吠えをする頃には全身が巨大な狼へと変化していた。

「ヴィレ……」

完全な獣化を遂げたヴィレは大きな跳躍でミットライトの隣へと戻り、ミットライトの襟首を噛むと振り回すようにして自分の背に乗せ上げた。

「うわっ！」

　ミットライトは思わずその太い首と鬣にうずもれるようにしがみつく。

『摑まっていろ、脱出する』

　ヴィレは一言だけそう言うと、もう一度大きく吠えた。

　他の狼たちもそれに応えるように、さっとヴィレの下に集まると集団で回廊の方へと走り出す。予想に反してリートゥスは追撃をかけて来ず、ミットライトたちは一心に回廊を駆け抜けて行く。

　やがて松明の数が減り、白い神殿の中に陽の光が差し込み始めると、そこかしこで人の悲鳴が聞こえ始めた。

「ひぃっ！」

「お、狼っ⁉」

　ミットライトが顔を上げると、神殿に勤めている聖職者であろう白い法衣の人間たちが、ミットライトたちを見るなり悲鳴を上げて逃げまどっている。

　だが、恐ろしい狼に攻撃を仕掛けてくるような者たちはおらず、あと少しで外へ出る門に届くところまでやってきた。

（強行突破できるか？）

　しかし、門の前には護衛の騎士たちが待ち構えている。全員が武装をして、ミットライトたちに刃を向けていた。

『心配するな、ミットライト。俺たちで必ず助ける』

　そう言うヴィレも、一緒に群れとなって走っている狼たちにも怯えなど微塵もない。護衛など構いもせずに一気に加速して突っ切るつもりのようだった。

　ミットライトもそれに合わせてヴィレの首にしっかりと掴まり、襲い来るであろう刃を出来る限り避けようと頭を下げた。

　——次の瞬間。

「騎士たちよ！　引きなさい！」

　リートゥスの声が響き渡った。

　その声を聞いた護衛の兵たちがざわめく。

　ミットライトも思わず顔を上げて、背後から聞こえる声の主を見てしまった。

　神殿の二階のバルコニーにリートゥスは立っていた。

　その白い法衣は血で斑に染まり、美しかった白銀の髪も赤黒く血に汚れている。

（しまった！）

　それを見た瞬間、ミットライトは自分の失敗を悟った。

　リートゥスは言葉を続ける。

「その者たちは魔族です！　お前たちでは敵いません！　私の守りがあるうちに、今は引きな

さい！」

周囲から一斉に大きな悲鳴が上がった。

「早く！　みんな逃げなさい！」

白き神子リートゥスの言葉が響き渡る中、騎士すらも道を開け、ミットライトたちは神殿から脱出した。

狼の群れを操る山羊の獣人。

その姿はその場にいたすべての人たちの目に焼き付いてしまったのだった。

神殿から逃げ出し聖グランツ皇国の皇都を出て、3昼夜を駆け抜けたヴィレとミットライトは奈落の森の麓に到着した。

このまま森の中へ入ってしまえば見つかることはない。狼たちもやっと少し休むことができる。

奈落の森の平地部分にある泉の辺で二人と狼たちは僅かな休みを取ることにした。

「大丈夫か？」

ミットライトを背から降ろし、獣化を解いたヴィレが心配そうに声をかけた。ミットライトは座り込んだままヴィレを見上げる。

「ヴィレ……」

完全獣化している間は気が付かなかったが、ヴィレは傷だらけだった。額を切ったのか、ミットライトを案じているその顔にも血が滴(したた)っている。獣化が解けて露(あらわ)になった肌にもあちこちに傷がある。

ヴィレは自分の命を顧(かえり)みずに、ミットライトを助けに来た。ミットライトはヴィレのその献身(けんしん)に応えようとすらしていないのに。

(僕は……)

ヴィレを利用している。

その気持ちに応えるつもりがないのに、こうしてヴィレが助けに来ることを受け入れている。それだけではない。転生を繰(く)り返す長い長い時間の中で、これと同じことを繰り返していた。こういうことはダメだ、ヴィレを利用してはいけない、申し訳ない、応えられないのがつらい。でも、これを改めることはできない。

ミットライトは頭がおかしくなりそうだった。何が正しいのかも分からなくなりそうだ。

傷だらけになって、血まみれになって、それでも命をかけてミットライトを助けて、なにも返してもらえないヴィレ。

何度転生しても巡(めぐ)り合い、巡り合うたびに愛情を注がれ、命をかけて助けられて、それなのになにも返さないミットライト。

ヴィレを呪(のろ)いから解放するためというのはわかっている。

(わかっているが……)

ミットライトの眼から涙があふれる。いろんな感情が複雑に混じり合い言葉にならない思いが涙になってあふれた。

「ミ、ミットライト!?」

いきなりの涙にヴィレは焦ったようだ。

どうしたら良いのかわからないようで目を泳がせていたが、何かを振り切るようにぎゅっと目を閉じて、次にはミットライトを抱きしめてきた。

「…………」

ヴィレは何も言わずにミットライトを抱きしめ、ミットライトはその胸の中の温かさに更に涙があふれた。抱きしめてくるヴィレからはあの薄荷のような匂いがする。

(これは匂い消しだったのか……)

ミットライトは獣人だ。どんなに顔を隠して変装してもその体臭でヴィレだと気がついてしまう。そうさせないための獣人の鼻を麻痺させるための薬草の香りだったのだ。その上、ツェーンはずっと顔を布で巻いて隠していた。額に触れて神の力を感じることもなかったのでヴィレとはわからなかった。

「お前、ツェーンはお前だったんだな……ずっと……」

「グナーデからは剣を取りに行ってほしいと言われたんだが——」

グナーデから廃神殿に剣を取りに行ってほしいと伝えられたが、ヴィレはそれよりミットライトの無事を優先させたのだと言った。

「獣人であるお前がどんな目にあうのかと考えると我慢が出来なかった」

「ヴィレ……」

「わざとしているのだと分かっていても、お前が蔑まれ、クロイツのやつが……」

誘拐された獣人の扱いなど丁寧なわけがない。だが、ヴィレには愛するミットライトが粗雑に扱われていることに耐えられなかったのだろう。奈落の森の側の街に留まるようにグナーデに伝え、ヴィレはその姿を半獣の狼に変えて全力でミットライトを追った。四つ足にはかなわなくとも、馬よりも身軽であるがゆえに何とか一行を捉えることに成功した。

途中、一行が馬を替える為に止まっているところに追いつき、兵の一人を気絶させ、入れ替わったのだという。

「では、水をくれたツェーンはすでにお前だったのか」

「そうだ。いつバレるかとひやひやしたが、バレてお前を怒らせたとしても、俺はお前の側に居たかったんだ」

抱きしめる腕が少し緩み、ミットライトが顔を上げると、ヴィレはその頬を愛おしそうに手のひらで包んだ。

その手のひらの温かさに、強張っていた気持ちが溶けて行く。

ミットライトがその温もりに安堵して目を閉じると、唇に何かが触れた。

ハッとして目を開くと、すぐ目の前、鼻先が触れ合うくらい近くにヴィレの顔があった。

「ヴィレ……んっ」

名を呼ぶとそれを塞ぐように唇が重ねられる。少し乾いた唇が、幾度もミットライトの唇をついばんだ。

「だめっ……ヴィレ……」

「ミットライト……」

熱い吐息がかかり、震える唇に舌先が忍び込んできた。

「んっ、んぅ……」

キスされながら、強く抱きしめられる。

もう薄荷の匂いはしない。ヴィレ自身の匂い。陽の光のような乾いた、でもどこか甘さを感じるような匂い。

「ミットライト……愛している……」

抱きしめる腕、その指先が引き寄せるように強く強く抱きしめてくる。

二人で絡めあった吐息をこぼす度に、ヴィレは繰り返しミットライトに思いを告げた。

「どうか……俺と……」

切なげに繰り返される言葉は心に響く。

ミットライトの胸の中に温かなものが溢れてくる。

愛している。愛している。もうずっとそう思っている。

(でも、だから……)

駄目なのだ。このまま受け入れてしまったら。

「駄目だ……ヴィレ」

ミットライトはヴィレから視線を逸らすようにして俯きキスを拒んだ。

「お前を受け入れてしまうと……僕は力を失ってしまう……」

「え？」

「僕の話を聞いてくれるか？」

ミットライトはヴィレに隠していたことを打ち明けることにした。

「僕が記憶を持ったままでずっと転生を繰り返していることは前に話したが……実はヴィレ、お前もなんだ」

ヴィレには転生のことは話したが、神の力を授かって神子として奇跡を起こすことができるという話はしていなかった。そして、ヴィレもまた記憶はないが転生を繰り返していて、ヴィレの中にも神の力の片鱗があるのだと。

リートゥスの「目的」を説明するには、二人の中にある力について話すことは避けて通れなかった。

「それは……」

ヴィレは渋い顔で考え込むような様子を見せた。

いきなり、お前は転生者で神の力があると言われてもすぐに信じられないのは当たり前だろう。だが、ヴィレの中では何か納得がいったことがあるようだ。

「……もし本当に俺の中に神の力があるのならば、リートゥスが俺を傍に置いていた理由がわかった」

ヴィレはそう言うと、自分の手のひらを見る。

「リートゥスは最初から俺の中に神の力があることに気がついていたのかもしれない。だから俺を傍に召し上げ、ずっと力を奪い取るチャンスを窺っていたというところか」

「そうだな。それに神の力には魔力に抵抗する力がある。だからリートゥスは魔術で下僕にすることもできず手が出せなかったのかもしれないな」

ミットライトのその言葉に、ヴィレはハッと目を瞠った。

「ならば、俺ならばあの魔族を倒すことができるのではないか？」

ヴィレには確かに神の力があり、剣術も非常にレベルが高い。

「いや、それは無理だ。魔族はそんなに容易い相手ではない」

今の状態ではヴィレにもミットライトにも魔族を倒すことはできない。

本来ならば神の力には魔族を討ち倒すだけの力がある。

しかし、その力は長い時間が経つうちに少しずつ失われて、しかも、この世界ではミットライトとヴィレの中に分かれてしまっている。

「力を合わせることが必要なのか？」

「そうだな。だが、それでも力が及ぶかどうか……」

しかも、自分の正体が魔族であるとミットライトとヴィレに知られたリートゥスが、二人に対して今よりもっと形振り構わず攻撃を仕掛けてくるだろう。そうなった時に今ある力で抵抗することができるかは不安を覚えるところだ。

「でも、まだ手がないわけじゃない。獣の神殿へ行けば……」

リートゥスが魔族であると分かった以上、それは必ず役に立つはずだ。

「獣の神殿にあるという剣か」

「あの剣を神の力がある者が使えば魔族を討てると思う」

力が失われつつある今、必ずとは言い切れない。

だから、力及ばぬことがあれば――。

(その時は、僕も覚悟を決める)

神子の体は神の力で満たされていた器だ。その器のすべてを注げば、奇跡は起こるかもしれない。

だから剣を使うのはヴィレではなくミットライトでなくてはならない。

ミットライトが成すべきことなのだ。

「だが、そんな剣が本当にあるのか？」

「それは大丈夫だと思う。この奈落の森は災害で地形が変わり突然できたと記録がある。それならば神殿から何かを持ち出すこともできずに、剣もそのままになっている可能性は高い」

「いや、そもそも、神殿に本当に剣は収められているのか？」

ヴィレの不安はもっともだった。伝説の武器などというものは至る所に話があり、色々な逸話に尾ひれがついて、実際には何もなかったりすることもある。

だが、それについてはミットライトは心配していなかった。

「あの剣は僕がこの世界に生まれる前に神殿に残してきたものだ。だから必ずある。それに、聖剣だとか仰々しいものではない、むしろ魔剣と呼ばれるものに近い」

「魔剣？」

「そうだ、あの剣は僕が神を斬った神殺しの剣だから」

「お前が……神を？」

流石にヴィレの顔が青ざめる。

「僕が神を斬ったせいで、僕と一緒にいたお前までも呪われ、転生を繰り返すことになってしまったんだ」

ミットライトは嘘をついた。

これればかりは真実を告げるわけにはいかない。そんなことをしたら、ヴィレのことだ、自分だけ呪いの輪廻から外れることを絶対に拒むに違いない。

（これが終わったら、ヴィレを呪いから解放する）

ミットライトもこの気持ちだけは押し通さなくてはならない。この先の世界でも、こんなことを繰り返させないために。

そんな風にミットライトが思いを強めていると、それまで渋い顔で話をしていたヴィレが不意に表情を緩めた。

「ヴィレ？」

「お前は……すべてそうやって抱え込むのだな」

ヴィレは優しい顔でミットライトを見つめて、その後すぐに真顔になってから腕を伸ばしミットライトを抱きしめた。

「俺がここにいるんだ。俺はお前の傍にいる」

だから、ヴィレに頼れというのか。

「…………」

ミットライトの胸の中が苦いもので満たされる。

記憶を失っても、生まれ変わっても、ヴィレは幾度も愛を繰り返す。

（苦しい……）

愛されれば愛されるだけ、その言葉に偽りがないのもわかっている。

（でも……）

それを受け止めてはいけない。

その苦しみが胸いっぱいに溢れそうになる。

「ヴィレ、もういいんだ……」

「は？」

「僕たちは呪われ、長く長く生と死を繰り返している。お前は僕に巻き込まれただけだから、転生していることを意識しないように記憶が消えるのだろう……お前が気に病むことはないんだよ」

手を放せ。突き放せ。これ以上この温かな腕に甘えてはいけない。ミットライトの中でいつも胸の中をべったりと塗りつぶしている思いがよみがえる。

その思いを表に出さないようにして、ミットライトはヴィレに微笑みかけた。

「……やめてくれ……ミットライト……」

ぎゅっと抱きしめるヴィレの腕に力が入る。

「そんな風に笑わないでくれ、苦しいと言ってくれ、苦しくないはずがないんだ。お前が……苦しんでいないはずがないんだ」

「忘れられるのは少し寂しいが、お前が僕のところに必ず来るのもわかっているから、そんなに寂しくはなかったさ」

同じ世界に必ず生まれ落ちるのは、呪いだとしても随分と救われた。

「いつの時代も、どこの世界でも、必ずヴィレがいる。それに僕は救われてきたんだ」

そして、ヴィレは巡り合うと必ず言うのだ、「お前の傍にいる」と。

それを思い出して、ミットライトは思わず苦笑した。

「この会話も実はもう何度も繰り返している。その度にお前は同じことを言っているよ」

「ミットライト……」

「大丈夫だ、ヴィレ。わかっている。二人で災厄を乗り越えるんだ」

ミットライトはぽんっと優しくヴィレの背を叩くと、ヴィレはさらにぎゅっと抱きしめてきた。そうやってしばらく抱き合っていた二人だったが、不意に狼たちが何かに気がついたのかそわそわとしだす。

「……追手が来る」

そっとミットライトを抱く腕を緩めたヴィレが言った。その一言で空気が変わった。

「追手の中に獣人は？」

「いない。聖グランツ皇国では騎士や兵士に獣人は採用されないからな」

獣人は人間より身体能力が勝るものが多い。ハイルング王国では騎士にこそいないものの兵士に獣人は多い。それだけ聖グランツ皇国という国が獣人に対する差別が強いということなのだろう。

「ツヴァイ、先に行け。アインスは殿だ。あとはみんな俺に続いて来い」

狼は全部で八頭。本当は全部で九頭いるそうだが、一頭はグナーデの護衛に残してきたという。そして、その狼すべてがヴィレの言葉を理解して行動するのだそうだ。

「すごいな……獣の権能というわけではなさそうだが……」

話を聞けば、この狼たちは野生の狼なのだという。

ある時、狼がひどい傷を負っていたところをヴィレが助けて以来、狼の群れは仲間として協力してくれているそうだ。

「どちらかと言えば、一人だった俺を群れに入れてくれたのだと思っている」

「それはいいな」

（僕と出会うまで孤独でなかったのなら……良かった……）

　そんなヴィレの仲間のうちの一頭が、すっとミットライトの側に寄ってきた。他の八頭より幼く見える仔狼だ。

「ノイン、どうした？」

「この子はノインというのか」

　ミットライトがそっと自分の手を差し出すと、ノインはふんふんと匂いを嗅いでから、極柔らかくカプッと甘噛みしてきた。

「ノイン！」

　ヴィレが慌ててノインの襟首をつかみ、ミットライトから引き離す。

「そんなに慌てなくても甘噛みだ、大丈夫だ」

「い、いや、ダメだ。甘噛みでもダメだ。狼が仲間を噛むのは愛情表現なんだ」

「え？」

「お前は俺のものだ」

　すっとヴィレの顔が近づき、ミットライトの山羊の耳をそっと噛む。

　その仕草は獣のようでありながら、人間の恋人同士が交わし合うような甘さがあり、ミットライトは思わず頬を染めた。

「ほらっ、追手が来る。もう行くぞっ」

ヴィレはぽいっとノインを放り出すとそう言って踵を返す。

放り出されたノインは転ばずに着地すると、少しだけ不満げに唸ったが、すぐに群れの仲間の隊列に入っていった。

「ミットライト、行こう」

狼の群れを従えたヴィレが、ミットライトに手を伸ばす。

「ああ、わかった」

ミットライトはヴィレの手を取る。

なんだか、ミットライトの方が孤独を癒されて行くような気がした。

ミットライトたちは順調に奈落の森を登り始めた。

奈落の森は下る時の姿とはまるで違い、足をかけられる草の生えた場所は下からではほぼ確認ができない。それ故、獣たちは人間が足をかけることもできないくらいのわずかな突起を足掛かりにして登るのだ。人間にとって奈落の森が難所とされる所以だ。

山羊の獣人であるミットライトだけでなく、完全獣化したヴィレや狼たちも順調に登って行った。

しかも、狼たちはとても慎重で、ときどき立ち止まっては匂いを嗅いで追手や他の獣たちを警戒する。

（追手はいないだろうが……）

ヴィレの言うように獣人が追手に居ないのならば、追いつかれる心配はない。だが、敵は後ろから追って来る者たちだけではない。

ハイルング王国の中には聖グランツ皇国の手の者だろうと思われる人間が交ざり込んでいる。その連中に連絡が届いていれば、奈落の森を登り切ったところを狙われる可能性が高い。

（心配しすぎるのは僕の癖のようなものだな）

経験がありすぎるというのも問題だ。すべての悪いことを想定してしまう。

『とりあえず上まで行けばグナーデもいる』

不安げに硬い表情を崩せないでいるミットライトにヴィレは声をかけてきた。前後を取り囲んでいる狼たちも、ミットライトの腕や背に鼻先を押し付けてきて励ましてくれているようだ。

そんなヴィレと狼たちに大丈夫だというように笑顔を見せて、ミットライトは再び歩き始めた。

崖を登り切り、あたりの様子をうかがっていると、木の陰から呼び声が聞こえた。

「ミットライト様！」

「グナーデ！」

ミットライトが手を振ると、大きな荷物を持ったグナーデが駆け寄ってくる。

「よかった、無事だったか」

グナーデは涙目でミットライトに抱き着いてきた。

「どれだけ心配したことか！　ヴィレがいるとは思いましたが、ヴィレが追い付く前に何かあったらと……」

「すまない。もうこんな無茶はしない。ヴィレも間に合った。本当に助かったよ」

「良かったです——あれ？　そう言えばヴィレ様は？」

ミットライトの周りには狼の群れしかいない。その中のひときわ大きな狼が、グナーデの前にずいっと進み出てきた。

「この狼はヴィレの仲間の……？」

ミットライトが現れた後、ミットライトを追ってきたヴィレが連れていた狼たちだと気がついたのだろう。

『俺の着替えは持ってきたか？　グナーデ』

「え？」

いきなり言葉を話す狼に驚き目を瞠っていると、狼は大きく伸びをした後に不意に立ち上がった。

「え？　ええっ⁉」

グナーデの目の前で立ち上がった狼は、ぶるっと体を震わせると見る間に人間の体に変化していった。

「ヴィレ様⁉　完全獣化……」

余程びっくりしたのだろう、吊り目がちなグナーデの目がまん丸に見開いている。

「驚いているところ悪いが、グナーデ、装備を……」

「は、はいっ！」

ヴィレに言われて、グナーデは慌てて大きな荷物の包みを開いた。中にはミットライトがヴィレに与えた騎士装備が一式揃っている。完全獣化すると人間の服は着られなくなるので、ヴィレはその時々で調達して、自分の装備はグナーデに護衛の狼を残したときに一緒に預けていたらしい。

ヴィレは装備をすべて身につけて、最後に額当てを手に取った。

「獣人の身体に戻ると人間の服が鬱陶しいのだが、これは逆に動きやすくすらある」

ヴィレはこの装備を誂えたミットライトに改めて感謝を示した。

「その分、働いてくれヴィレ。僕の騎士はお前だけなんだ。休む間もないくらい、働いてもらうぞ」

「もちろんだ」

ヴィレはそう言いながら額当てを額に当てた。

「もう一度崖を登るが、ここから先は人の形で行くつもりだ。国内にまではまだ知らせは届いていないだろう」

「知らせ？」

ヴィレの言葉を聞いてグナーデが首をかしげる。

そこでミットライトは聖グランツ皇国であったことを簡潔にグナーデに説明した。

「魔族ですか……」

グナーデは顔色を失っている。それも仕方がないことだ、魔族は災禍の中でもかなり厄介な部類になる。

知恵があり、力があり、人を謀り、世を乱す。

歴史の中で幾度も魔族の存在は記録されているが、神の力を授かる神子をもってしても歯が立たず滅んだ国さえある。

ミットライトが知る限り、命がけになるのは間違いのない事だった。

「多分、近いうちに噂が流れ始めるだろう。ハイルング王国の第一王子ミットライトは獣を使役する魔族だ――と」

「そんな！」

「しかも、白き神子リートゥス様は魔族に襲われながらもそれを退けた。今こそリートゥス様のご加護の下に悪しき魔族を討ち果たす時だ！　っとな」

ミットライトにはその様子が目に浮かぶようだ。魔族は人心掌握が上手い。恐怖を巧みに操り、民の心を支配する。

「大丈夫だ、グナーデ。俺がそんなことはさせない」

言葉を失っているグナーデに、装備を整えたヴィレが言った。

「俺が共にある限り、ミットライトは俺が守る」

「ヴィレ様……」

グナーデはその言葉に感謝して、ヴィレの手を取り「お願いいたします」と言った。

（共にある限り……）

ミットライトは少し苦いものを感じながら、二人の様子を静かに見つめていた。


ミットライトとヴィレは獣の神殿へは二人で向かうことにし、グナーデは近くの村の宿屋に残ることになった。

ここはミットライトの領地内であり、その屋敷も近くはあったが、ミットライトに追っ手がかかれば一番初めに捜される場所だ。そこにグナーデがいるのは得策ではない。万が一の時を考えて、グナーデには近くの宿屋に身を隠してもらうことにしたのだ。

「お戻りになりましたら、宿屋までお願いいたします」

グナーデはそう言っていたが、ミットライトは宿屋に行くつもりはなかった。

（これ以上、グナーデを危険なことに巻き込むわけにはいかない）

獣の神殿から戻る頃には、「白山羊の王子は魔族である」というリートゥスの言葉が広められているだろう。

リートゥスは敵国の神子だが、神子伝承は大陸中にあり、国を越えて信仰されている部分がある。獣人の王子の言葉より、人間の神子の言葉の方がこの世界では重い。

ミットライトは長く自分に仕えてくれた灰色猫の従者にこれ以上危険を冒させることは出来

なかった。

「ミルクのたっぷり入った茶と甘い焼き菓子を用意しておいてくれ。楽しみにしている」

そう言ってミットライトは笑顔でグナーデに背を向けた。生きて戻れるかはわからないが、グナーデに心配はさせたくなかった。

「ミットライト」

グナーデが視界から消えて、二人が夜の森の中へ入ると、ヴィレがそっとミットライトの肩を抱き寄せた。

「大丈夫だ。俺が必ずお前を守る」

「ヴィレ……」

ヴィレには不安な気持ちを感づかれてしまっている。

神子という存在であっても、相手が上手ならば奇跡は起こせない。魔族と戦って命を落とした神子の伝承も残されており、故に魔族の恐怖というのは人々の間にも染みわたっている。今、ミットライトが魔族であるとされたら、リートゥスと戦う前に民衆に殺されてしまうかもしれない。

（ヴィレを危険に巻き込みたくはないが……）

だが、今のミットライトは本当に非力で、ヴィレの助けがなくばリートゥスの前に再び立つことは出来ないだろう。

「すまない。ヴィレ。お前を危険な目に……」

「それはいいんだ。俺はお前の盾となり剣となる。お前が神子だからじゃない。お前がお前である限り、俺はお前の隣にあり、お前を守る」

ミットライトとヴィレは手を繋いだまま暗い森の中を歩き始める。

ふと、ミットライトはその光景に既視感を覚えた。

(あの時は夜明けだったか……)

神の御許に召されるために広場に向かうミットライトの隣にぴったりとついて歩いていたヴィレ。

あの時にはもうミットライトを「守り切る」と心に決めていたのだろうか。互いの強い思いを知りながら、あの最後の夜まで、神子とそれを守る騎士だった。ヴィレにそれを越えさせてしまったのはやはりあの夜のことなのだろう。

(それは今回も……)

ヴィレと身体を繋げてしまったら、もう二度と離れられなくなる。

ヴィレはミットライトの為だけに生き、呪いの転生はまた繰り返される。

「ミットライト?」

少し考えこんでいたことに気づいたのか、ヴィレは心配そうにミットライトの顔を見ていた。

「大丈夫だ。問題ない」

ミットライトはそう言って笑顔を見せるが、ヴィレはどことなく納得がいっていないような顔だ。

「そんな顔をするなヴィレ。勝算のない賭けはしないし、僕はリートゥスより長く生きているんだ。魔族に対する手段も知っている」

それは嘘ではない。リートゥスはまだ若い魔族で力が十分ではないとミットライトは思っている。

だからミットライトとヴィレの力を奪うなどという、回りくどい手段を取ろうとしているのだろう。

「そうか。お前を信用しているが……無理はしないでくれ」

「ありがとう、ヴィレ。お前こそ、無理はするな」

ヴィレはその言葉には返事はせずに笑うだけで済ませた。

お互いに、お互いのために命を投げ出すことを厭わない、そうわかっているからだ。

そんな思いを胸に、どこか寂しく懐かしい夜道を二人は歩いて行った。

しばらく歩くと不意に森は途切れ、ミットライトたちは奈落の森の頂上に続く崖へたどり着いた。

「これは……」

暮れかけた日の光に照らされたその姿を見て、ヴィレは言葉を失った。

断崖絶壁。そう呼ぶにふさわしい切り立った壁面、足掛かりも殆ど無い岩の壁。

奈落の森は森と呼ばれるだけあって木が多く、また草によって足場が出来ているところもあり、何とか行き来するだけの道があった。

しかし、この絶壁はまさしく道などなく壁を登るような場所だった。

「この頂上にある神殿が獣の神殿と呼ばれるのは、此処を登ることができるのは獣しかいないからだ」

実際には獣であっても難しいかもしれない。

岩を摑める手と狭い場所でも爪のかかる足の両方が必要だ。

「お前たちはここで留守を守ってもらう方がよさそうだな」

ヴィレはそう言って、隣にいたアインスの頭を撫でた。アインスはくぅんと鳴き声でそれに応える。

「まるで言葉が通じているかのようだな」

ミットライトが感心して言うと、ヴィレは硬い表情をした。

「どうした？」

何かおかしなことを言っただろうか。ミットライトがじっとその様子を見ていると、ヴィレは少し考えこんだ後に口を開いた。

「……実は、言葉は通じているんだ」

「ん？」

「俺はアインスたちの言葉がわかる。それだけじゃない、アインスたちの目と耳を通して、そこで見聞きしたことを知ることができる」

　それはすでに獣のコミュニケーション能力を超えている。

「魔術……か？」

　ミットライトが少し硬い声で言った。

「わからない……気づいたらわかるようになっていた」

　ヴィレは顔色を失う。獣人は魔術が使えない。魔術を使う獣人は魔獣とされる。ヴィレはきっとそのことに思い当たったのだろう。自分が普通の獣人ではないのだと。

　だが、ミットライトにはその原因がわかった。

「それは、お前に神の力が宿っているからだ……」

「神の力が？」

「そうだ」

　神の力がわずかでも宿ったことのある器――魂にはその力の残滓が宿る。その力が狼たちを通して世界を知るという能力を発現させているのだろう。

　この世界のヴィレには神の力が宿っている。

　それが獣の権能を超えた能力となったのだ。

「神の力は神の許し無く――救世のための奇跡以外に使用することはできないが、その器に染み入った少しの力だけは使うことができるんだ」

　ミットライトはその力を使ったことはないが、リートゥスを討つためにヴィレの力を使った後も狼たちとつなぐ力は失われずに済むはずだ。ヴィレの仲間たちを奪うのはあまりにも忍びなかった。そのことをヴィレに伝えると、ヴィレはやっと笑顔を取り戻した。

「そうか、これはそういうものだったのか……」

ヴィレはミットライトから話を聞いていても半信半疑だったのかもしれない。だが、自分が魔獣であるという不安から解放されて安堵したのだろう。ヴィレは笑みを浮かべて足元に居る狼たちを撫でている。

「お前たちはここで俺たちの帰りを待っていてくれ。もし追手が来たら遠吠えで知らせろ。この崖の上でも、お前たちの声は必ず聞こえる」

ヴィレにくしゃくしゃに頭を撫でられながらも、狼たちは一声ずつ短く吠えて応える。

一頻り狼たちを撫でて、その後に合図をすると、狼たちはみな木々の中へと立ち去って行った。

「さて、崖登りだな」

ヴィレは立ち上がり、もう一度崖を見上げた。

「しかし、この崖はこのままの姿では俺も難しそうだ」

ヴィレはそう言うと靴を脱ぎ、脛当てを外して、素足になった。手は人間のものが良いが、足は獣の爪がある方が登るには都合がいいと判断したようだ。

ミットライトもヴィレに倣って素足になる。革靴と絹の靴下を脱いで、上着で包むと背中に背負った。

「ミットライト、無理をするなよ？　俺が背負って登ろうか？」

「僕を見くびらないでほしいな。前にも言ったが僕は山羊の獣人だ。この程度の崖、なんという事はない」

そう言うと、ミットライトは素足の足に意識を集中した。柔らかな皮膚が草を踏む感触が消えて、硬い蹄が足を覆う。つま先立ちになる感覚がして、蹄のつま先に力が入るようになった。

「どちらが先に頂上に着くか競争するか？」

滑らかな白い被毛で覆われた足、蹄のあるつま先、ミットライトの足は山羊のものになっていた。

「獣化できるのか？」

「お前のように完全獣化は無理だけどな。下半身だけは山羊になれる。これで手も変化できれば山羊のように速く走ることもできたんだが」

ミットライトの獣化は下半身のみだった。だがそれだけでも、このような絶壁を歩くには十分な変化だった。

「さて、行こう。ヴィレ。僕が先に足場を行くからついてきてくれ」

「ああ、ここはお前に頼った方が良さそうだ」

ミットライトがゆっくりと崖を登り始めると、ヴィレもそれに従って慎重に足場を踏みしめ始めた。

「奈落の森も厳しかったが、此処はさらに厳しいな……」

「そうだな。すでに人の行ける場所ではない。獣の神殿も完全な廃墟になっているだろう」

「そんなところでは剣も朽ちているのではないか？」

「……僕は転生してから一度だけ、まだ廃墟になってすぐの獣の神殿に行ったことがある」

ミットライトは何とか絶壁を登り切り、廃墟となったかつての神殿を見た。王城はとうに失われ、神殿から王城へ続く道も断たれ、ヴィレと歩いた道も途中で崖に飲まれてしまっている。

ただ、神殿だけは崩れた様子もなく、白い石造りの美しい姿のままそこに佇んでいた。

神殿以外はもう何もないのだと思いながら、その中に踏み込んだ時に思いもよらないものが残されていることを知った。

ミットライトを庇って神を斬った剣。

あの時の剣が、神殿の広間の真ん中にぽつんと残されていた。

ミットライトはゾッとした。

自分たちの罪を神は許していないのだ。自分を斬りつけた剣をここに残し、その罪深さを時を超えて知らしめている。

ミットライトは恐怖に震える手で剣に触れた。

間違いなくその剣だった。

その剣に触れると、温かな祈りの力が宿っていることに気がついた。ミットライトを守るためにヴィレが祈り続けてきた結晶のようだ。

だが、それがまたミットライトには恐ろしかった。

そんなにも祈り続けてきたヴィレを惑わし、神殺しの罪を犯させたと言われているように感じたのだ。

ミットライトはその剣を手に、神殿の奥に続く回廊をさらに奥へと進んだ。そこには神子が祈りを捧げる祈りの間があり、罪を浄化するという泉が湧いているのだ。

「僕はそこに僕の剣を沈めた。僕の罪が浄化されるようなことはないだろうけれども」

ミットライトはヴィレの剣であることを隠して、自分の罪であるとヴィレに話した。

ヴィレの罪が少しでも浄化されて欲しいと本当は願ったのだけれども、それは言わないことにした。

「幻滅したか？　僕は神殺しの咎人なんだ」

ミットライトは苦笑しながら言った。しかし、ヴィレはそれに対して眉を顰めることもなく、真っ直ぐにミットライトを見つめて言う。

「幻滅はしない。お前がその罪を背負うなら、それを背負うお前ごと俺は守る」

ヴィレならばそう言うだろうと思っていた。

決してミットライトから逃げない。

（でも……）

逃げないのならば、逃がさなくてはならない。

これが終わったら必ず来る別れに、ミットライトは胸を切りつけられるような痛みを感じたが、今は目を瞑った。

「あと、少しだ。頂上についたら少し休めるぞ」

ひときわ明るい声を取り繕って言う。

「廃神殿だが、湧き水の豊かな泉がある。今夜一晩くらいはそこでゆっくりとできるだろう」

「……そうだな、ずっと駆け通しだったから休めるのはありがたい」

ヴィレも深追いはせずに笑って答えた。

ヴィレもミットライトがどこかで拒んでいるのは薄々気がついているだろう。お互いに今はそれに目を瞑って先に進むしかないことも。

長く話をしながら歩を進め、二人は何とか頂上に手がかかるところまでたどり着いた。

「頂上だ」

そう言って、まず最初に、ミットライトがぴょんっと飛び上がる。次にその後について、ヴィレが岩に手をかけて上に上がった。

獣人の二人でも手古摺るような崖だったが、何とか日が沈み切る前に登り切った。しっかりとした地面に足をつき辺りの様子を見回すと、頂上はすでに青い月明かりが満ちていて、幻想的な草原が広がっていた。

「あれが、獣の神殿か」

廃神殿はその草原の先に見える。門は崩れ、石畳も草に埋もれていたが、主殿はほぼそのまま残っているようだ。

「正しくは『神の仔山羊の神殿』だ。神から授かりし力をもって世を救う神子を祀る神殿だ」

ミットライトはそう言うと、神殿に向かって歩き始める。

ミットライトにとってここは原罪の神殿だが、慣れ親しんだ住処でもあった。

(何も変わっていない……)

朽ちてはいるものの変わりのない小道を通り、神殿の中を進み、奥の広間へと入る。

ミットライトの記憶の中にある美しかったころの姿が目の前にあふれてくるようだ。

陽の光がふんだんに差し込む白い石造りの回廊。

柱が並ぶその向こうに見える色とりどりの花の咲き乱れる中庭。

天井が高く、意匠のこらされたレリーフに囲まれた神殿の広間。

「綺麗なところだったんだろうな」

ミットライトの背後でずっと警戒しながらついて来ていたヴィレが不意にこぼした。

「そうだな。美しい所だった」

目を閉じれば、そこに在るかのように思い出せる。白い花の咲き誇る庭園に、静かな祈りの泉、広間には人々が祈りに訪れ、やわらかな陽の光の中には民の笑顔があった。

(そして、ヴィレも)

恐ろしいが懐かしくもある場所に来て、少し感傷的になっているのかもしれない。

ミットライトを守るため、白い装束と白銀の甲冑を身につけ、常に隣に付き添っていたヴィレ。幼いころからずっと一緒に居て、互いにその思いには気づいていたけれど、それを心の奥に封じて、二人は神子とそれを守る騎士として生きていた。

だが、それは唐突に終わりをつげ、二人は呪われ、永遠を彷徨う存在となってしまった。

「僕が死んだ後に大雨があって、この神殿への道は閉ざされてしまった。何とか神殿に仕えていた人たちは逃げ出すことができたが、もう戻ることは出来なかったと記録にある」

ミットライトはがらんと広い広間の中央に立つ。正面には大きな窓があり、そこから月の明かりがミットライトに降り注ぐ。

ミットライトの脳裏に懐かしい光景がよみがえる。

「神子……」

不意にヴィレにそう言われて、ミットライトは驚きヴィレの方を振り返った。

「あ……すまん、お前が美しくて――まるで神子のようだと思ったんだ……」

その言葉にミットライトは微笑んで返した。

「……間違っていない。僕は遠い過去で神子だった。だが、今はわずかにその残滓のような力はあるものの、世界を救う程の奇跡は起こせない。祈りを捧げて魔族を討ち払うこともできないんだ」

ミットライトは窓の向こうの頭上に輝く月を見上げる。

「転生を繰り返す度に少しずつ力は失われている。僕の中には神の力はもう僅かしかない」

「ミットライト……」

ヴィレは何か言いたげにしたが、少し躊躇ってから口を噤んだ。

ミットライトはその様子をじっと見ていたが、ヴィレが言わないと決めた言葉を引き出すつもりはなかったので、気を取り直すようにひときわ明るく言った。

「祈りの間はこの奥だ。そこからさらに降りたところに泉がある」

「剣はそこに沈めたのか」

ミットライトは黙って歩き始めた。ヴィレが再びその後ろに続く。

しばらく歩くと、中庭のような場所に出た。その向こうに白い石造りの礼拝堂がある。

「ここが神子が神に祈りを捧げた部屋だ」

ミットライトとヴィレは小さな礼拝堂の入り口をくぐる。

「これは……」

先ほどの広間も美しかったが、この礼拝堂の中は静謐な空気が満ちている。

ミットライトも久しぶりの祈りの間に懐かしい気持ちが溢れる。ここは最後の場所でもあるが、それまで幸せに過ごしていた場所でもあるのだ。

「昔はこの床にやわらかな織物が敷かれ、僕は一日ここで過ごすこともあったんだ」

今は敷物は失われているが、ひんやりとした白い石の床はあの頃のままだった。

ヴィレは昔を懐かしむようなミットライトを黙って見ている。ヴィレにはこの部屋での記憶はないのだから、此処で最後に過ごした夜のことも知らない。

（知らなくていい）

思い出さなくていい。知らなくていい。知る必要もない。

この神殿に来て、なお、その気持ちは固まってきた。

「……泉はこっちだ」

祈りの間の奥から外に出ると石の床が少し続いて、下に降る階段が見えた。階段の辺りからは岩場になっていて、階段を降りているとサアサアと水の流れる音が聞こえてくる。ひんやりとした空気はさらに冷たくなり、外の音がすっかり聞こえなくなったころ小さな泉の辺に出た。

ミットライトはヴィレにその場で待つようにと伝え、自分は泉の中へ入って行く。

泉は深い所でもミットライトの膝までしかなく、そんな泉の中央付近まで歩くと立ち止まり、水の中へ膝をついた。冷たい水が身体を撫でるように流れて行くが、身体が凍えるようなことはない。ただ心地よく清涼な水に身を浸すと、ミットライトはとぷんと水の中へ潜った。

「ミットライトッ⁉」

ヴィレが慌てて泉に駆け寄ると、ミットライトが白い布で巻かれた棒のようなものをもって立ち上がった。

「これがその剣だ」

ミットライトは静かに濡れた布を解いて行く。布の隙間から白い鞘が見え始め、金細工の施された一振りの剣が姿を現した。

ミットライトは柄に手をかけ、剣を鞘から抜こうとしたが、手がそこで止まってしまった。

「抜けない？」

どんなに力を入れても駄目だった。剣は鞘に納められたまま、かちりとも動かず、抜くことができない。

「どうしてっ……」

ビクともしない剣にミットライトは焦りの色をにじませた。

「貸してみろ」

いつの間にか泉の中に入ってきたヴィレが、ミットライトの手から白い剣を受け取る。

ヴィレはその柄を握ると、一瞬、体をすくめたように見えたが、ふうっと小さくため息をついて握りなおす。

「抜くぞ」

そして、ゆっくりと引くと剣は美しい刀身を見せた。

「これ、は……」

ヴィレは鞘を落とし、柄を両手で握りしめる。

魅入られたようにその白刃をじっと見つめてから目を閉じ、祈りを捧げるように胸の前に真っ直ぐに剣を構えた。

「ヴィレ？」

しばらく静寂が続いたが、ミットライトが声をかけると、ヴィレは眠りから覚めたように目を開く。

その顔は緊張にこわばっているように見えた。

「どうした？　ヴィレ？」

「……ああ、大丈夫だ」

　ヴィレはそう言って、鞘を拾い上げると、剣を鞘に戻す。

「この剣は俺が持とう。お前には大きすぎるだろう」

「それは、そうだが……」

　元々ヴィレの剣だ、剣が抜けたとしてもミットライトにはそれを使って戦うことは難しい。

　現に、ミットライトには剣が抜けなかった。神の力なくしてはミットライトがこの剣を振ることは出来ないのかもしれない。

（僕の力だけでは足りない……）

　剣を抜くこともできないほど、その力は足りていないのかもしれない。

　ヴィレの中にある神の力をミットライトの下へ戻す必要がある。

（しかし……）

　ミットライトから力を奪うのは簡単だ。その純潔を奪うか、神の力の器である魂を壊すかのどちらかで奪える。しかし、ミットライトがヴィレから力を戻してもらうためにはその魂を壊すしかない。

　ずっとそのことは考えないようにしていた。魂を壊す——それは即ちその者の死を意味する。

（僕にヴィレを殺すことはできない）

　たとえ何があっても、それだけはすることができない。

(ヴィレの中にある力は使えない)

　だからこそ、その時は自分が命をかけてでも——。

「わかった。今はお前に預けよう。だが、その剣には呪いがあるかもしれない。出来るだけ体から離しておいてくれ」

「……この剣が怖いか？」

「不安なだけだ。お前が呪われたらと思うと……不安だ」

　ヴィレはふっと微笑む。その笑顔はいつもと違って見えた。

「それならば大丈夫だ。俺の剣がお前を呪うわけがない」

「え……」

「この剣は俺の剣だ。俺が神を斬った剣」

「ヴィレッ!?」

　ヴィレは剣から手を離し、剣が再び泉の中に沈む。

　ミットライトはそれを慌てて拾おうとするが、ヴィレに抱き留められてしまった。

「何してるんだ！　剣が……」

「剣は大丈夫だ。それより、ミットライト、俺に嘘をついていたな」

「え？」

「お前はこの剣でリートゥスを討つために命をかけるつもりだな」

「っ！」

ミットライトはヴィレに心の奥まで見透かされてしまったことに目を瞠る。

「それは……」

「神子が神に奇跡を望むということは、また神の許に還ることになるのではないのか？」

ミットライトは思わず目を背ける。

「やっとお前を取り戻したのに、お前はまた俺を置いて行くつもりか」

ヴィレはミットライトを抱き上げ、ざぶざぶと泉の中を突っ切って行く。

「止めろっ！　ヴィレ！」

抱き上げられた腕の中でミットライトはもがいて抵抗するが、ヴィレの腕は少しも緩まない。無言で泉の奥まで行くと、ヴィレは白い石の板が敷かれて平らになった場所にミットライトを座らせた。

ミットライトの足先は泉の水に浸ったままで、もがくたびに水飛沫が上がったが、ヴィレはそれをものともせずに上に覆いかぶさるようにして押し倒した。

「ヴィレッ!!」

ヴィレは自分の名を叫ぶミットライトを黙らせるために強引に唇を重ねて声を塞いだ。

「んんっ！」

ミットライトはヴィレの下でもがき暴れるが、ヴィレとは体格差もあり簡単に動きは封じ込められてしまう。ヴィレの手はそんなミットライトを押さえながらも、器用にミットライトの濡れたシャツのボタンをはずし引きはがす。

「やっ、ダメだっ、ヴィ……んっ」

わずかな隙をついて抗議の声をあげるが、それはすぐに塞がれてしまい、息もままならぬ状態で頭がぼうっとしてくる。

(ダメだ、ダメだ、ダメだ！)

このまま身体を合わせてしまえば神の力を失ってしまう。そうしたら、もうリートゥスを倒す手段がなくなってしまうだろう。

「お前が力を失えば、お前はどこにも行けなくなる」

ヴィレの言葉にミットライトは背筋を震わせた。

知っている。

ヴィレはミットライトが純潔を失えば神の力を失うことを知っているのだ。

「だ、ダメだっ！　お願いだから！　ヴィレ！」

この力を奪われてしまったら、ミットライトは何もできなくなってしまう。

(ヴィレに全てを背負わせてしまう！)

それだけは絶対にあってはならない。ミットライトは必死に抵抗するが、激昂しているヴィレに抗うことができない。

「そうやってお前は俺の下からいなくなってしまう……」

ぐっと腕を押さえつけられて、動きを封じられたミットライトの喉元にヴィレが歯を立てる。

「いたっ」

「俺の跡をつけて、もう誰にも渡さない。神の許へも還さない。ずっと俺と……」

濡れた服を脱がされ露にされた肌に、ヴィレは唇を寄せてはきつく吸い上げた。その度にチクチクとした痛みが走り、ミットライトは体をすくめた。

（ヴィレは怒ってる……）

ヴィレがこんな風に感情をあらわにするのは、最初の世界でのあの夜以来だった。まるであの時に戻ってしまったかのように、ヴィレは神に対して憤っている。

「俺のものに」

ヴィレは片腕で器用にミットライトを押さえ込みながら、もう片方の手でミットライトの体を暴いてゆく。シャツだけでなく下衣も寛げられて、下着が露になってしまった。

「ヴィレ、頼む、止めてくれ……」

哀れにも震える声でミットライトは懇願したが、ヴィレはそれを許してはくれない。

「ヴィレ……ヴィレ……」

ヴィレは名を呼ばれても応えず、ミットライトの体を暴いてゆくことに専心している。

印をつけられている時のような痛みだけでなく、ミットライトの体は浅ましく快感を拾い始めていた。

「いやだ……」

そんな自分がたまらなく嫌だった。こんなことになってもミットライトはヴィレを求めているのだ。ヴィレに触れられれば、愛されていたころを思い出し体が反応してしまう。

（ヴィレを愛せたら……）

こんな風に拒まずに、ヴィレのすべてを受け入れて、愛し合うことができたら。——どんなに幸せなことだろう。

「ヴィレ……僕にはやらなきゃいけないことがあるんだ……」

「それが命をかけるという事ならば、俺は許せない」

許せないという言葉とは裏腹に、ヴィレの指先がミットライトの頬にかかる白金の髪をそっと除ける。

「俺はお前を守る。世界とお前の命を天秤にかけるなら、俺は迷わず、ミットライト、お前を選ぶ」

ヴィレの行動理念は変わらない。ミットライトの為、愛する者の為だけに在る。

「僕は世界を見捨てることは出来ない……」

「ならば、俺が世界からお前を解放する」

抵抗しないミットライトに、今度は優しく唇を重ねる。

「でも、僕は」

「黙って」

唇がより深く重なり合う。息苦しくて口を開けると、舌が忍び込み絡められる。

「は、んっ……レ……」

頭の中に舌を絡められる音が響く。甘く、蜜を練るような音。

ヴィレの腕が抱きしめるように背に回り、ミットライトはされるがままに身体を委ねるしかなかった。

濡れた服を脱がされ、ヴィレの羽織っていたマントの上に寝かされる。

ヴィレは怒気を隠そうともしないが、その手は酷く優しかった。

(僕が死のうとしているのが許せないのか……)

酷く愛されていると思う。ヴィレにとってのミットライトはどんなに長い時間を経ても変わらない。幾度も生まれ変わって、その度に何も知らないヴィレに愛される。

この繰り返しは変わることがない。ヴィレはミットライトを心の底から愛し、すべてを捧げて生きる。

出会うたびに忘れられていることを思い知るのが辛いこともあったが、それを越えてヴィレに愛されていることも知っている。

ヴィレが自分を裏切ることはない。巡り合ってしまえば必ず愛される。そして、巡り合えないこともない。

(呪い……)

そんな歪な人生が自然にあるものではない。神によって巡り合わされ、ヴィレはミットライトに縛り付けられている。それでも、こうして愛されれば嬉しい。

「ミットライト……」

名を呼ぶ声は甘く、頬に触れる手は優しい。頬に触れ、首筋に触れ、薄い胸を辿るように触れてきた。

「んっ」

そこに触れられた時にびくっと体をすくませると、ヴィレは執拗にそこを弄り始めた。獣のざらつく舌が、肌を、乳首を舐め上げる。

「ひ、んんっ……」

恥ずかしくて、それから逃れようと体をよじると、逃すまいとしたのか乳首を甘く噛まれてしまう。

「あんっ」

びくっと震えが走る。刺激がずくんと体の中に響く。

「ここが気持ちいい？」

ヴィレはそう言うと今度は強く吸い上げた。

「あ、あ、んっ……あっ」

弄られているのは胸なのに、どんどん下腹に疼きがたまってゆく。堪らなくなって膝をすり合わせるように足を閉じた。

「ミットライト、ダメだ」

ヴィレは膝に手をかけて左右に開かせる。

「や、やだっ」

大きく足を広げられてしまい、ミットライトは何とかその手から逃れようと身をよじった。

恥ずかしがるミットライトを楽しむように眺めていたヴィレが、にやっと意地悪く笑って舌なめずりをする。獣のようなその仕草が、先ほどの行為と合わさって、ヴィレが次に何をしようとしているのかわかってしまった。

ヴィレが大きく開かれた足の間に頭を下ろしてゆく。

「ま、まって！　ヴィレ！」

いやいやと頭を振るが、膝を押さえられて身動きも取れず、下着の上からそれに歯を立てられた。

「っ！　あぁっ！」

今のヴィレは獣のようだ。噛む力はごく弱いが、鋭い犬歯が当たるとびくっとする。甘く噛まれて、ねろりと舌を這わされる。

「や、ああっ」

布越しではあるものの、その感触は甘く重くて、胎の中にたまっている疼きをかき混ぜられるような気がした。

「それ、だめっ、感じちゃう……あっ」

ミットライトは自分の腹の上にあるヴィレの頭を摑んで押しやろうとするが、ヴィレは全く動かない。思わず髪を摑みそうになる度、ぴこっと動く獣の耳が手に触れて悪戯をとがめられたような気持ちになる。

「ヴィレ、ヴィレ……」

息が上がり、視界がぼやける。

「ミットライト」

甘い声が耳元で聞こえた。それだけでどんな愛撫よりも感じる。

(僕はヴィレを愛している)

それは変わらない。最初の世界のあの夜から、幾度転生しても変わらない。

愛しているからこそ、手を離さなくてはと思うのだが、いつも離せない。

肌を擽る手のひらの温もりを素直に受け止めて、抱きしめてくる腕の中でその胸に甘えて、抱き合うように背に手を回して。

ヴィレは自分のものだと言いたい。

(でも……)

それはできない。

ヴィレを突き放すこともできていないけれど、せめてその背を抱き返してはいけない。

「ヴィレ……」

甘く喘いでしまう息の下。こぼれそうになる涙をこらえた。

翌朝、頬に陽の光が当たるのを感じて、ミットライトは目を覚ました。

そこはヴィレに抱かれたあの泉ではなく、広間の暖かな陽だまりの中だった。濡れた服は窓のところに干されていて、ヴィレのマントの上にヴィレの上着を着て寝かされていた。

「ヴィレ……」

起き上がっても誰の姿もない。耳を澄ましても誰の気配もない。

そして、ヴィレの剣もなくなっていた。

「僕の力もなくなっている……」

ミットライトの中にあった神の力はすべてなくなっている。ヴィレと情を交わすことでやはり失ってしまった。

「僕は……」

わかっている。これは自分で決めたこと。

あとは、ヴィレを追って、剣を取り返して、リートゥスを倒す。

力をヴィレに与えてしまった今、ミットライトにどこまでできるかわからない。

だが、やることは決まっていて、やるという覚悟もできている。

ヴィレ一人では無理なのだ、最後にはやはり神子の力が必要になる。

「僕は……」

座っている膝にぽたぽたと雫が落ちる。

胸がつぶされるように苦しい、泥の中にいるように息が出来ない。

立ち上がって、ヴィレを追わなくちゃと思うのに、動くことすら出来ない。

この苦しみはもう一度やってくる。

それなのに、今からこんなでは先が思いやられる。

「駄目だ、早く行かないと……」

震える手を握り締めて、壁に手をつき立ち上がる。窓際にかけられていた服に着替え、その上からヴィレの上着を着てマントを羽織る。そしてぐいっと袖で涙をぬぐった。ヴィレの上着だが構うものか。それでも、ふわっとヴィレの匂いがして少し嬉しい。

「勇気をくれ、僕が一人で戦えるように」

祈るような気持ちでそれだけ言うと、ミットライトは立ち上がって崖へと向かった。

「ミットライト様！」

登った時よりはるかに速いスピードで崖を降りきると、そこではグナーデが待ち受けていた。グナーデだけではなく、ヴィレの狼たちもいる。

「ヴィレ様が、聖グランツの騎士たちに連れられて行きました！」

グナーデの話によると、ミットライトが降りてくる数刻前にヴィレが狼たちと一緒にグナーデのいる宿屋に姿を現したそうだ。

宿屋に来る間にどこかで姿を見られたのだろう、グナーデと話をする間もなく現れた聖グランツ皇国の騎士たちにヴィレは取り押さえられてしまった。

その時にヴィレが暴れてくれたおかげで、グナーデは騒動に紛れて逃げだせたのだという。

「これから反逆罪で国に連行すると言っていました」

「そいつらは僕を攫った連中と同じか？」

「そうです。あの金髪の男でした」

副団長――今は騎士団長のクロイツだ。

「それで、ヴィレは大人しくついて行ったのか？」

「はい。私を逃がすために暴れた後は、抵抗もせず騎士たちが用意していた馬車に乗って……」

ヴィレが大人しく従ったのは、捕まらずともリートゥスの下へ行くつもりだったからだろう。

「それに、ミットライト様も魔族だと言って騒ぎ、屋敷は、騎士たちに押さえられてしまいました」

ヴィレが捕らえられた後に屋敷の様子を見に行ったグナーデは、ヴィレの狼たちに助けられて、何とかここまで逃げてきたらしい。

「屋敷の者たちはみな無事か？」

「はい。今は屋敷の中に閉じ込められているだけのようです。ですが……この事態が長引けば、どうなるかはわかりません」

「そうだな。今は屋敷で収まっているが、王子の僕が魔族であるというなら、その咎は国全体に及びかねない」

「ですが、ミットライト様が魔族だなどという戯言が通用するはずはありません」

「……そうであればいいが、僕は獣人だからな」

　獣人だというだけで差別の対象となるのに、その上、魔族だなどという噂がつけば、ここぞとばかりに追われるのは間違いない。

「僕は急いでヴィレを追う。グナーデ、お前はどこかに隠れて――」

「いえ、今度は私も同行します。騎士たちは今度は奈落の森を通らずに国に戻るようですから、二人で奈落の森を越えればヴィレ様に追いつけます」

　グナーデも獣人だ。奈落の森を越える脚力は十分にある。

「しかし、僕といたらお前まで魔族の仲間とされてしまうぞ」

「すでに仲間ですよ。屋敷に戻ったところで私の処遇は変わりません」

「グナーデ……」

　灰色猫の獣人は耳と尾をピンと立てやる気は満々でいる。

　こういう風にいつも前向きに接してくれるこの従者はミットライトの救いの一つでもあった。

「わかった。一緒に行こう。だが、約束してくれ」

「はい？」

「無茶はしないでくれ、僕を庇わないでくれ」

「ミットライト様……」

「僕は王子である以上にやらなくてはならないことがあるんだ」

　グナーデに自分が神子の転生であることは言っていない。しかも、力がなくなってしまった今、自分の命をかけるしかない。

ミットライトの言葉を聞いて、グナーデは小さく笑ってから言った。

「私はミットライト様の従者。ミットライト様のお命じの通りに」

ミットライトより四つ年上のグナーデは、普段は従順な従者だが、時に兄か父のように感じることがある。幼いころから専従の従者だったというのもあるが、グナーデは本当によくミットライトの事を知っている。

長い時を生きてきたミットライトよりも、余程すべてが見通せるのではなかろうかと思う程に。

「グナーデ、ありがとう」

ミットライトは短く礼だけ言うと、それ以上は何も言わず、そのまま奈落の森へ向かって移動を始めた。

「おかしいですね……騎士たちが誰もいない……」

奈落の森を降りきり、裾野の木々の間を隠れるように進み街道に出た。

奈落の森は聖グランツ皇国からの出国には不向きだが、ハイルング王国からの進入は人間でもなんとかなる場所なので、この辺りは騎士たちの警戒地域になっているはずだった。クロイツに誘拐された時もこの辺りにはかなりの数の騎士が居たのだ。

「ヴィレ様を連行する隊の護衛についているのでしょうか？」

グナーデは不思議そうな顔をしている。

「いや、多分、僕が来るのが分かっていて、わざと手薄にしているのだろう」

ミットライトとヴィレ、両方の力を奪うと言っていたリートゥスは、ミットライトの力が失われてしまったことをまだ知らないはずだ。

ミットライトがヴィレを救出するために来ることを見越して、あえて警備を手薄にしているのだろう。

「罠ではないですか！」

「そうだな」

「……このまま、皇都まで行かれるつもりですか？」

皇都までは多分何とか行くことができるだろうが、皇都へ入るための関所を越えるにはかなりの荒事を覚悟しなくてはならない。ヴィレと脱出するときは、狼たちと共に強行突破したのだが、今回は同じ手は通用しないだろう。

「このまま行って捕まってもいいのだが、ヴィレが今どうしているのかわからない以上、皆捕まってしまうのは得策ではないいな」

「では、変装してはいかがでしょう？」

「変装？」

「はい。ミットライト様は白金の髪に白いお肌と、他の人間たちと比べて少し目立つ容姿をなさっていますから、それを汚して普通の人間のようなふりをして入り込むのです」

グナーデはミットライトを街道から目立たないところへと連れて行く。

「少し失礼いたします」

ミットライトを座らせると、グナーデは手に泥を取り、その髪に擦り付け始める。

ペタペタと泥を塗っては叩き落とすのを繰り返すと、ミットライトの白金の髪は泥で灰褐色に染まり、同じように顔に泥を塗って色黒の肌に変えた。

「これならば、私と歩いていても兄弟のようですよ」

確かに、髪色も肌の色もグナーデによく似ている。

「マントはフードを深くかぶってくださいね」

ヴィレのマントはミットライトには少し丈が長かったのだが、フードを深くかぶって体に巻き付け、グナーデはマントを同じように泥で汚した。上等だったマントはみすぼらしく汚れ、ミットライトはすっかり貧民街にいるような子供の姿に変わってしまった。

「私たちの目は瞳孔が人間と違うので、人間ではないとバレてしまいますが、人間には角や耳さえ見せなければ山羊と猫の獣人の区別はつきません。ミットライト様は私の弟という事で通しましょう」

「そう、うまく行くだろうか」

「話をするのは私にお任せください。ミットライト様は私の上着の裾をずっとつかんで黙っていてください」

そして、心配そうに周りに集まっていた狼たちにもグナーデは命じた。

「お前たちは私たちの周りから絶対に離れないでくれ、何かあったらミットライト様を守ってほしい」

うぉんっとアインスが短く吠えて応じる。

「よし、では皇都へ向かいましょう」

グナーデはそう言うとミットライトの手を引いて歩き始めた。

街道に出てしばらく歩いたのち、グナーデは慣れた仕草で辻馬車を拾う。

乗り合いの辻馬車の御者は獣人の兄弟に難色を示したが、グナーデは御者に銀貨を握らせ屋根の上でもいいから乗せてくれと言うと、責任はとれないが勝手に乗れと言ってくれた。乗合馬車のキャビンの屋根に上がるくらいは猫と山羊の獣人には造作もないことで、二人は軽々と屋根に上り、御者に背を向ける格好で座った。

屋根の上は酷く揺れたがそれでも歩くよりははるかに速い。拾った馬車は運よく二頭立てで、かなりの速さで街道を進んで行く。狼たちもつかず離れず馬車を追ってきているのが見えた。

「この調子で行けば、ヴィレより先に皇都に着くか……」

「そうですね、ちょっと聞いてみましょうか」

ひそひそと言葉を交わした後、グナーデは声を張って御者に話しかけた。

「なぁ、御者さんよ、行方不明の騎士団長様が見つかったってのは本当なのかい？」

「騎士団長……？　ああ、あのバケモンのことかい」

「バケモン？」

「ああ、そうさ、白き神子様が奴は魔獣だとおっしゃったそうだ」

グナーデとミットライトは御者の言葉に顔を見合わせる。

もうそんなことまで話が広まっているのか。慎重にしていたころの様子はもうない。リートゥスは確実に追い込んでミットライトとヴィレを陥れようとしている。

グナーデが少し怯えたように御者に言葉を返した。

「俺たちは白き神子様の神殿にお参りに行くんだが、もしかして、そのおっかないバケモンは神子様のところにいるのかい？」

「そうらしいなぁ、騎士様たちが今皇都に連行してるって話だ」

その様子ではまだヴィレは皇都にはついていないようだ。

白き神子の威光において、捕らえた魔族を見世物にしているのだろう。

そして、あわよくばそれを助けに来るだろうミットライトを捕まえようという腹か。

「間違いなく、罠ですね。私たちはこの馬車で先回りして、皇都で待ち構えましょう」

グナーデが小声で言った言葉に、ミットライトは黙って頷いた。

「この国には神の加護があります。神に感謝と祈りを捧げなさい」

白き神子リートゥスの声が広間に響き渡る。

この国には不安が満ち溢れていた。

続く干ばつ、戦火の不安、国中に広がる不穏な気配が民の気持ちを重くしている。

そこに魔獣という存在が現れた。

すべての禍の元、すべての不安の原因、戦と死を振りまき、国土を荒らし命を枯らす存在。

魔獣を滅ぼすことができるのは神子だけ。

「祈りの力が神に届けば、恐ろしい魔獣を滅ぼし、この国に再び緑を取り戻す」

美しい意匠が施された柱の並ぶ礼拝堂では、貴族を含めた聖グランツの民たちがリートゥスに祈りを捧げにやってきている。

その中にミットライトとグナーデも紛れ込んでいた。

リートゥスの前にミットライトが姿を見せるのは危険かと思ったが、すっかり力を無くしてしまったミットライトをリートゥスはこの大勢の中から感知することは出来ないようだった。

今日、この場所に捕らわれた魔獣——ヴィレが連れて来られる。魔獣を捕らえた白き神子騎士団の騎士団長と共に。

そして、白き神子リートゥスによって裁かれ処刑される。今はそれを迎えるための礼拝で、人々は一心に神に祈りを捧げている。

リートゥスは祭壇の上から涼し気な笑みを浮かべて、祈りを捧げる民衆を見つめていた。

(魔族リートゥス……)

美しい姿をしている。流れる光のような白い髪、白い肌、整った目鼻立ち、赤い瞳。浮かべる笑みも優し気で、人々に安心感を与えてくれる。

だが、それはすべて、人々を安心させ欺くための擬態でしかない。

リートゥスの目的はこの国の滅亡と、より多くの命を奪う事。

この国の民をすべて屠れば、次はこの大陸中の命を屠れる高位の魔族となるだろう。

「神の光はこの大陸中に降り注ぎ、永久の平穏と栄光を」

リートゥスの言葉が終わると、外が騒がしくなってきた。

「魔獣……」

「あれが……」

ざわざわとささやきが広がる。大きな声で言う事は憚られる。だが、その姿に驚愕が隠せないのだろう。

騎士団長のクロイツが先頭に立ち、その後ろに四人の騎士に囲まれて鎖につながれたヴィレが入ってきた。

他国の騎士であることを晒すために、ヴィレはミットライトの騎士装備を着けたままだ。その上、獣の耳と尾があることがはっきり見える。獣人、魔獣という声も聞こえる。

「ヴィレ・ツーナイング、民を欺き、我が国を陥れようとした重罪人」

リートゥスの声が響き渡ると、ざわめきはピタッと止まって礼拝の間は静まり返った。

礼拝の間に詰め掛けていた人たちの視線がすべてヴィレに注がれている。

その眼には憎しみと侮蔑しかない。

ヴィレは真っ直ぐに前を向いたまま、俯くこともなく堂々とそこに立っている。

祭壇にいるリートゥスから見下ろせる位置にある壇の上にヴィレは立たされた。

首と両手首、それに両足に鎖がかけられ自由を奪われている。

全身が見えると、より人間と違うことが目立つ。獣の耳、尻で揺れる尾、明らかに魔獣であることを見せしめているようだ。

ミットライトの与えた騎士装備を身に着けているが、剣だけは取り上げられてしまったようだ。

(あの剣はどこに……)

ヴィレが持っていったはずの剣がなければ、リートゥスに立ち向かうことはできない。

そう思ったときにあるものが目に入った。

(え？　あの男……)

クロイツの腰に見たことのある剣が提げられている。

ヴィレの剣だった。

価値がありそうだと思ったのか、ヴィレから取り上げて恥ずかしげもなく我が物としたのだろう。

「グナーデ」

ミットライトはそっと隣に立つグナーデに声をかけた。

「あのミットライトの横にいる金髪の男が例の剣を持っている」

「あの白い剣ですか？」

白金の柄、白革の鞘、意匠に金があしらわれているのは、神子であったミットライトを守るための剣だからだ。

「あの剣を何とかして奪い取りたい。あの剣があればリートゥスを倒せる」

「え？」

グナーデは目を瞠って驚くが、しばらく何か考え込んでから言った。

「あの剣だけで大丈夫なのですか？」

「……大丈夫だ。あの剣にはそういう力があるんだ」

その力を自分の命をもって与えるということは言わなかったが、ミットライトを見つめるグナーデの目には深い悲しみの色がある。多分、グナーデには感じるものがあったのかもしれない。この世界に生まれて物心ついたころからずっと一緒にいたグナーデだ、ミットライトのことは何でもお見通しなのかもしれない。

でも、グナーデは何も言わずに「わかりました」と言った。

「私があの剣をあの男から盗みます」

「大丈夫か？」

「大丈夫です。命に代えてもあの剣を奪いましょう」

「グナーデ……」

命に代えるなどと言わないでくれとはミットライトも言えなかった。

「ありがとう、グナーデ。僕が奴の気を引く。その隙に奪えるか？」

「……はい。奪った剣を渡せばよいですか？」

「頼む」

二人が交わした会話はそれだけだった。

そのあとすぐにグナーデはクロイツのそばへと移動して行き、ミットライトはその逆の方へ回り込んだ。

「神の加護のあるこの神殿ではお前は何もできまい。魔獣よ、いま私がとどめを刺そう」

「待てっ！」

リートゥスの声を遮るように声を上げると、ミットライトは祈りの輪からヴィレの前へと飛び出した。

「何者だっ⁉」

「おい、捕らえろっ！」

そばにいた騎士たちが騒いだが、ミットライトはヴィレの立つ壇の上に上がって、マントを脱ぎ捨てた。

「僕はミットライト・ハイルング。ハイルング王国の第一王子。僕の騎士を返してもらおう！」

ミットライトはリートゥスに向かって叫ぶ。

「ミットライトッ……」

ヴィレがいきなり出てきたミットライトを見て目を瞠るが、そこにいるのがミットライトだとわかると、大きく咆哮を上げた。

周囲から悲鳴が上がって、取り囲んでいた人の輪がさっと広がる。

騎士たちに何かを叫ぼうとしていたリートゥスまでもが凍り付いたように固まって動かない。

その時、グナーデの声が聞こえた。

「ミットライト様！　剣を！」

そう言ってグナーデは剣を思いっきりミットライトの方へ投げて寄越した。

ミットライトはそれを受け取り、思い切り剣を鞘から引き抜いた。

あの時、あれだけ抜けなかった剣はすんなりと鞘から抜けた。

「ヴィレ、後は頼む！」

そう言うや否や、ミットライトはその剣を自分の胸に向かって突き立てる。

神の力の器である神子の魂を差し出せば、神に願いが届くかもしれない。

（神よ……！　我に残されたこの魂を力に！）

魂を力に変えてヴィレの中にある神の力と合わせれば、リートゥスにその刃が届くかもしれない。

その切先がミットライトの胸に届く直前、再び大きな咆哮が響き渡った。

その大きな声に周囲はパニックになり、人々は散り散りに逃げ惑う。

『させないっ！』

黒い鋭い爪と被毛に覆われた大きな手に剣をつかまれた。

慌てて振り返ると、半獣の姿に変化したヴィレが背後からミットライトを抱きかかえるように腕を回していた。

『言っただろう。俺はそんなこと、絶対にさせない』

刃をつかんだヴィレによって、剣は胸に突き刺さらずに止められている。

「ヴィレ!?」

ヴィレの血が白刃を伝い、柄を握るミットライトの手に滴る。

「ヴィレ！　血が！」

『大丈夫だ、ミットライト』

ヴィレはそう言うと手のひらから流れる血を伝うままにさせている。

ヴィレの血が伝うたびに、白刃に更に輝きが増し始める。赤く汚れず、キラキラと輝く刃に、ミットライトは目を瞠った。

驚いていると、今度はガキンッと重い何かが切れる音。ヴィレが体を拘束していた鎖を引きちぎっている。手のひらから流れる血が鎖につくと、まるで柔らかな真綿をちぎるように鎖がちぎれた。

「な、なにをしているっ！　クロイツ！　ヴィレを、魔獣を斬りなさいっ！」

鎖がちぎれる音に我に返ったリートゥスが悲鳴を上げるように命じた。

その言葉に反応して、クロイツがそばにいた騎士の剣を奪うように引き抜くと、ヴィレに斬りかかってきた。

「くそっ！　この魔獣めっ！」

人々がおびえる中で、クロイツが動けたのは騎士としての胆力というよりは、どこかでヴィレを自分より劣った存在であると侮っていたからかもしれない。

渾身の力で振り下ろされた剣は、ヴィレに難無く受け止められる。

ヴィレは籠手でそれを受け止めてはじき返すと、ミットライトの手からそっと剣を取り、剣の重さを感じさせぬほどの早業でクロイツを切り返す。白刃は光の尾を引いてクロイツに襲いかかり、ゴワンッと鈍く重い音と同時にクロイツが後ろに吹っ飛んだ。その胴が切り離されることはなかったが、受け止めた鋼鉄の鎧がべっこりとへこむほどの威力だ。

ヴィレはミットライトを背にかばうように移動しながら、クロイツを打った返しで軽々と再び剣を正面に構えなおす。

『俺はお前を必ず守る、我が神子』

ヴィレはミットライトを見下ろし、狼の顔で牙を剥き出すようにして笑う。

『俺は神を断ったんだ、魔族ぐらいモノでもない』

その言葉を聞いてミットライトは強く思う。

（ヴィレを信じる！）

ヴィレと共に魔族を討つ。

「神よ。神の庭に住まう仔山羊に慈悲と御力を！」

ミットライトは剣に宿った神の力を使う許しを請うために祈る。

泥で薄汚れていたミットライトの姿が美しく白く輝き始めた。白金の髪、淡く光る白い肌、神への祈りを捧げる声は凛と冴え、その言葉には清涼な響きが宿る。

「神よ。神の御力を宿しし剣を振るう力を賜び給え！」

『うおおおおおっ』

三度目の咆哮と共に、ヴィレは力強く壇を蹴り、リートゥスのいる祭壇へと飛び移り、そのまま剣を振りかぶった。

「憎き神子！　憎き剣士！」

リートゥスは間一髪ヴィレの刃を避けたが、その姿はもう美しき白き神子ではなくなっていた。長い髪は振り乱されているが、髪も肌も白いままで、神子を騙っていた時と変わらない。だが、その目の赤さは毒に満ち、ミットライトの白く美しい姿には遠く及ばなかった。

礼拝の間に集まった人々の目に、その姿はどう映っただろうか。

神に祈りを捧げる白き獣人の青年とそれを守らんと立ちはだかる獣人の騎士。

そして、それを亡き者にせんと憎しみと毒をにじませている神子を騙っていた男。

「ヴィレ！　僕のところへ戻れっ！」

ミットライトが再び剣を振りかざそうとするヴィレに声をかけると、ヴィレはすかさず飛び退った。

「僕の後ろへ！」

『それはっ……』

ミットライトはヴィレに手を伸ばすが、ヴィレは躊躇う。

「バカッ！　僕を信じろ！」

怒声にヴィレはミットライトの背に回った。

ヴィレがそこで剣を構えたのを確認すると、ミットライトは再び祈りの言葉を口にする。

「神よ。神の庭に住まう仔山羊に慈悲を！」

ミットライトはその強い脚力をもって、祭壇へと飛び移り、そのままリートゥスの胸元に飛びかかる。

「神の庭に住まう仔山羊に神の御力を！　神の庭を荒らしし者を追放せしめ給え！」

「何をするっ」

祈りの声に体をこわばらせていたリートゥスが、目の前にやってきたミットライトにつかみかかる。

ミットライトはリートゥスの胴にしがみついたままでヴィレに向かって叫んだが、リートゥスは何とかミットライトを引きはがそうと、その細い首に手をかけた。

「ヴィレ！　斬るんだ！」

ミットライトの細い首をリートゥスの手が絞め上げる。

「ぐ……」

『ミットライト！』

「僕ごと……斬れ！」

ぎりぎりと絞め上げられながらも、ヴィレにリートゥスを斬れと叫んだ。

ヴィレは苦しそうに眉間にしわを寄せたが、唇を嚙みしめ、剣を構えなおした。

『リートゥスっ!!』

ヴィレの剣の切っ先が、リートゥスの頭上に振り下ろされる。

あと少しでリートゥスに刃が届くその時——。


「神よ！　祝福在れ！」

聞き覚えのある声が響き渡り、目の前が光で真っ白に染まった。

◇◇◇

「これは……」

真っ白い空間に、ミットライトはぽつんと佇んでいた。

あたりには何もない。

祈りに詰め掛けていた民衆も、白き神子の神殿も、リートゥスの姿すらもない。

『ミットライト！』

誰かに背後から抱きしめられた。

「ヴィレ……」

狼の鬣が頬をくすぐる。

これは夢か？

「僕は死んだのか……」

『死んでない。死なせるものか』

「では……」

「ミットライトよ、神子の務め大儀である」

再び聞こえた声に、ミットライトはヴィレの腕の中から天を仰ぐ。

「神……さま？」

ヴィレは片方の腕でミットライトを抱きしめたまま、もう一方の手で剣の柄を握りなおした。ぐるる……と低い威嚇するような唸りをあげて、ヴィレは警戒心と敵対心をむき出しにして天を睨む。

二人の頭上には光があった。いつかのように光は人の形をしている。

ふわりと浮かんでいるその光は、柔らかな声で話しかけてきた。

「神子よ、騎士よ、我が庭に住まう弱き者たちのために働き、尽くしてくれたこと礼を言う」

その声は限りなく優しい。ミットライトたちを無限の地獄に突き落としたものとは全く別のようにすら思う。

だが、ミットライトがその存在を見間違うはずがない。

そこにいて、ミットライトたちに声をかけてきているのは、間違いなく、あの最初の世界でヴィレが刃を突き立てたものと同じだ。

「その剣だけでは、あれを滅ぼすには弱い。今一度、お前たちに我が力を授けよう」

光はそう言うと、すっとミットライトの頭上に手をかざした。

「あっ！」

パチンっと軽く何かが弾ける音がした。

「角が……」

光がそっと触れると、ミットライトの左側の角が折れる。痛みはなく、ころんと角はミットライトの手のひらに落ちた。

『ミ、ミットライト、大丈夫か？　痛くないのか？』

片方だけになってしまった角を見て、ヴィレは慌てている。

『このっ！　また――』

「大丈夫だ！　ヴィレ！」

ミットライトはヴィレを制しながら、手のひらに落ちてきた角を見つめている。

その角は仄かに温かみを帯び、光の粒となり、砂が崩れるようにさらりと浮き上がった。

『これは……』

ミットライトの手のひらで、光の粒は大きく膨らみ、大きな笛に変わった。

「角笛！」

ミットライトが角笛に唇を寄せ柔らかく吹くと、澄んだ音色が響き渡った。

音とともに風が吹き始める。

風は音に合わせて渦を巻き、ミットライトとヴィレを取り囲んだのちに、あたりの光を吹き払う。

（これは……結界？）

ミットライトは続けて音を奏でる。光は渦を巻く風に絡み合い、小さなつむじ風となってミットライトたちを守る。奏で方によってその効果は細かに変わってゆくようだった。

（これでリートゥスを無力化して、ヴィレの剣で斬れば……）

ミットライトはその力を正しく理解し、リートゥスを倒すための道を開くことができる。

「ヴィレ、これがあれば……て、わっ！」

ミットライトがヴィレの方を振り返ると、いきなりヴィレに抱きしめられた。

「お前っ……それ……」

ミットライトの目に映るヴィレの黒髪も褐色の肌も、光に染められたように白く輝くものへと変わっている。

（まるで神子のようだ……）

ミットライトと同じ白金の鬣が、抱きしめられているミットライトの頬をくすぐる。

「行きなさい、最後の神の子らよ」

厳かな響きの声が命じる。

真っ白な世界に、小さな亀裂が生まれた。パリパリと音を立てて亀裂が広がる。まるで卵の殻が割れるように。

ここから生まれ出でて、羽ばたけと神が命じている。

「ヴィレ、行くぞ」

『御心のままに、我が神子』

その亀裂の中に、二人は躊躇うことなく飛び込んでいった。

悲鳴が上がる。

礼拝の間にいた人々は、貴族も平民もみな悲鳴を上げて地に伏せていた。

祭壇の上には白き神子一人だけが立っている。

それは人々を救うためではない。

「呪われろ！　お前たちは地に伏せ、そのまま腐り果て、我が力となれ！」

白い髪から輝きは失われ、肌は黒く変わり、目ばかりが赤く爛々と輝いている。呪詛を吐くその口は大きく裂け、その顔はトカゲのような鱗に覆われていた。今や、白き神子は悪しき魔族の姿をあらわにして、祭壇の上に立っていた。どろりと蜜のように濃い魔力が礼拝の間にあふれんばかりに満ちている。

魔力にあてられ動けなくなった人たちが、次々に倒れてゆく。このままでは礼拝の間にいる人間たちだけでなく、さらに広い範囲へと広がってゆくだろう。

「ミットライト様……」

クロイツから剣を奪いそのまま騎士たちに捕らえられてしまったグナーデが、逃げることもできず、ミットライトとヴィレが消えてしまった祭壇をじっと見つめていた。

ヴィレの剣の切っ先がリートゥスの額に触れた瞬間、リートゥスを押さえていたミットライトと斬りかかったヴィレは砂のように崩れて消えてしまった。

「もう終わりなのか……」

グナーデを捕らえた騎士たちは、みな石になったかのようにその場で固まっている。

リートゥスに唯一対抗できる存在だった二人の姿はなく、祭壇の上では白き神子が呪文のようなものを唱えていた。その声がひときわ高く響くたびに、神殿全体がズシンと大きく揺れて、柱や床にひびが入ってゆく。パラパラと天井から砂が落ちてくるので、このままこの神殿の中にいるのは危険だと思われたが、人々はみな恐怖に立ちすくみ動くこともできない。

「このままでは……」

神殿の下敷きになるのが先か、リートゥスに食らわれるのが先か。

そうは思っても、体は恐怖ですくみ上がり動くことができない。もし動けたとしても、あの魔族を相手に何もできないだろう。

でも、それでも、このままではこの国中、いや、この大陸中に災禍が広まってしまう。

「何かできることはないのか」

その時、グナーデを捕らえている騎士の腰に剣が提げられているのが目に入った。多分、この剣は何も特別な力などないただの剣だろう。

(でも、それでも、少しでも——何とかならないだろうか)

グナーデはそうっと手を伸ばすと、騎士の剣の柄を握る。騎士は祭壇に目が釘付けで、グナーデが剣を抜いたことに気づいてすらいないようだ。

(よし)

グナーデはただの灰色猫の獣人だ。ほんの少しばかり良い家柄に生まれたので、ミットライト王子の従者として城に上がることができただけ。

何の力もない、ただの灰色の猫なのだ。

でも、ミットライトならこんな時、決してあきらめることはないだろう。

グナーデは隣でそれをずっと見てきた。

今、ここで動かなければ、命をかけてこの事態を何とかしようとしていたミットライトに顔向けができない。

「このっ！　偽神子めっ！」

グナーデは声を張って立ち上がった。

手には剣が握られている。恐怖で震える足を奮い立たせ、一歩、また一歩と祭壇の方へと近づいてゆく。

「……なんだ、お前は」

リートゥスの目がグナーデに注がれる。

その赤い目に睨まれただけで、気を失いそうなほどの恐怖に包まれた。

「お前、神子の仲間か」

「ひッ!?」

リートゥスは獣のようにクンクンとあたりを嗅ぐとグナーデに向かって言った。

「お前を殺して、神子どもをおびき寄せてくれようか……」

にやりと唇のない裂けた口が笑いの形を作る。

「お前の血を撒き散らせば、どこかに隠れたあの忌々しい神子たちも姿を見せような ぁ」

「そんなことさせるものかっ！」

グナーデは最後の気力を振り絞り、剣を振りあげて祭壇へと走った。

「はははは、小賢しい」

その剣をリートゥスは素手で受け止める。がっちりと握られた剣はピクリとも動かない。

「さあ、姿を見せねば、この薄汚い猫を殺すぞ？　神子どもよ」

リートゥスの手がグナーデの喉にかかる。その手がゆっくりと力を込めて、グナーデの喉を絞め上げた――。

「くそっ！」

「グナーデを放せっ！」

獣の咆哮と一緒にミットライトの声が響き渡った。

グナーデの視線の先、リートゥスの背後の空間にひび割れが走る。

そこには何もない。そのはずだが、パリパリとまるで卵の殻が割れて剝けるように、ひびが広がり白い光があふれてきた。

何もない場所から光と共に姿を現したのは真っ白な狼の獣人に抱きかかえられた白い山羊の獣人――ミットライトだった。

「ミットライト様……ヴィレ……様？」

ミットライトはヴィレの腕から飛び降りると、手にしていた角笛を高らかに鳴らす。

「があああ――それは！」

高く澄んだ音が響き渡ると、リートゥスが頭を押さえて苦しみ始める。

「ヴィレ、今だ！」

ミットライトは再び角笛を吹き鳴らし、ヴィレは手にしていた剣を振りかざす。

『神の庭に住まう仔山羊に神の御力を！』

に振り下ろした。

「神の庭を荒らしし者を追放せしめ給え！」

ヴィレとミットライトが祈りを神に捧げ、ヴィレは最後の祈りの言葉と同時に剣を真っ直ぐ

「あああああああああ」

体の奥から張り裂けるような声が迸り、剣がリートゥスの体を二つに切り裂く。

「神の庭に住まう者すべてに祝福在れ！」

最後にもう一度、ミットライトが角笛を吹くと、裂かれたリートゥスの体は淡い光の粒となって泡のように消えていった。

それと同時に、礼拝の間に満ちていた重い空気がすべて消え去り、祭壇には再び明るく暖かな陽の光が降り注ぎ始める。

光の中に立つミットライトは、片方の角は折れてしまっていたが、その姿は神子に相応しく美しい。

「神子様……」

暖かな光に顔を上げた人々が、そこに立つミットライトを見て口々に囁く。やがてその場にいたすべての人々が、魔族を滅ぼしたミットライトたちに敬意を示すように低く頭を下げた。

「ミットライト」

獣化を解いて、人の姿に戻ったヴィレが、ミットライトの前に膝をつく。

「我が神子、これを」

ヴィレは手にしていた剣をミットライトに恭しく差し出した。

「あなたの力をあなたの下へ」

そう言うと、剣は仄かに輝き始め、そこから蛍火のように光が浮かび上がり、ミットライトの頭上に集まり始める。

その光は宝冠のようにミットライトの頭上に降りると、吸い込まれるようにして消えていった。

あとには、折れたはずの角が元に戻っている。

「よかった。ミットライト」

ミットライトの目の前にはヴィレの笑顔。

「ミットライト様！」

祭壇の上のミットライトとヴィレの下に、一番初めに駆け寄ったのはグナーデだった。

灰色猫の獣人は、埃で汚れてさらに灰色になってしまっていたが、そんなことは気にならないくらい喜びに満ちた笑顔だった。

「良かった……本当に良かった……」

「グナーデ、怪我はないか？」

「はい。ミットライト様とヴィレ様のおかげで、この通りでございます」

グナーデはそう言っていつもの調子で頭を下げると、もう一度笑顔を見せた。

「魔族を倒し、世界をお救いくださりありがとうございました」

その言葉があたりに響くと、頭を下げていた人たちが一斉に顔を上げて声を上げた。

わあああっと歓声が上がり、ミットライトとヴィレを讃える言葉が響き渡る。

神子、神子様、真の神子。

神の騎士、守護騎士、神子の騎士。

口々にミットライトとヴィレを讃えた。

「ミットライト、皆に声を」

ヴィレの声に、礼拝の間が静まり返り、みな、神子の言葉を待ち受けている。

ヴィレがミットライトを抱き上げた。

より高いところから、ミットライトはにっこりと笑って言った。

「僕たちはみな、同じ神の庭に住まう者。真の平和はすべてに平等に」

獣人が神の神子として世界を救い、それはすべての命のためだという宣言。

獣人も人間も関係なく、生きとし生けるものすべてのために。

この礼拝の間にはミットライトたち以外に獣人は一人もいなかったが、ここで勇敢に戦ったのは獣人だけ。それを否定するような人間は誰もいなかった。

自然と沸き起こる拍手と歓声に包まれて、ミットライトは微笑んだ。

こうして、ミットライトとヴィレは魔族を討ち滅ぼし、世界の新しい一歩を作り上げたのだった。

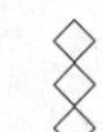

ミットライトとヴィレ、そしてグナーデは、聖グランツ皇国皇帝が用意した豪華な馬車と護衛の騎士たちを連れて国に戻ることとなった。

ことが終わった後、ヴィレと共に謁見した聖グランツ皇帝は悪い夢からさめたような顔をしていた。戦に意欲的で、隣国を蹂躙しようとしていたとはとても思えず、何かにとても疲れているような様子だった。

「我が国の国土は荒れてしまった」

リートゥスがいた時は、他国の富を得ることで聖グランツ皇国はより発展できると信じていた。しかし、リートゥスがいなくなってみれば、国土は荒れ果て、戦を維持できるほどの国力も失われようとしている。

「大丈夫です。ハイルング王国にはやせた土地を改善する術もあります。私が国に戻りましたら、必ずや我が国の技術者たちを寄越しましょう」

そういったことは元からミットライトの得意分野だ。長く生きた者の知恵が役立つのは間違いない。

聖グランツ皇帝は獣人の王子の言葉に大きく頭を垂れて願うしかなかった。

こうして、ヴィレは正式な使者として、皇帝が用意した親書を携えてハイルング王国へミットライトたちに同行する事になった。

ヴィレは皇帝により使者として正式な騎士団装備を用意されたが、それは自分が身に着けるものではないと言い断った。今はミットライトの用意した漆黒の装備を身に着けている。

あの時、白く変わっていた鬣や肌も、戦いが終わってすっかり元のヴィレに戻っていた。蘇芳混じりの黒髪に褐色の肌。見慣れたヴィレの姿にミットライトも少し安堵している。

白い鬣に白い肌のヴィレもそれは神々しく美しかったが、やはりミットライトの騎士であるヴィレはこの姿だと思うのだ。

「第一王子ミットライト、ここに戻りました」

ハイルング王国王城の大広間で国王に謁見するミットライトの陰口をたたくものはもういない。あれほど口さがなかったドンナー宰相や貴族たちも神妙な顔でミットライトの姿を見つめている。

ミットライトが聖グランツ皇国で起こした神子の奇跡はすでに国中に広まっていた。

ミットライトたちが帰国する道中は民衆であふれ、みなが口々に神子を讃える歓声を上げているのだ。

それは王都や王城でも変わらない。ミットライトの居城を管理していた者たちを始め、王城に勤める獣人たちはこぞって門前に立ち、ミットライトたちの帰国を寿いだ。もちろん、誰もそれを止めはしない。護衛の騎士たちも今まで儀式の場でしかしたことがないような最上の敬礼で出迎えていた。それは国王との謁見の大広間に入ってからも同じで、聖職者たちは一斉に祈りの姿勢をとる。

ミットライトはもう一国の王子という立場を超えた存在となったのだ。

「ミットライトよ、此度の働き、すでに伝え聞いておる。この国の全ての民を代表してここに礼を言おう」

「ありがとうございます、国王陛下」

輝くような笑顔でそう答えるが、もう国王に対しても頭は垂れない。この国で国王に儀礼の場で叩頭しなくても良い唯一の立場。

背後に控えたヴィレも同じく。もう剣は封じられることはないし、ミットライト以外のものの背に添う事もない。

「ミットライト・ハイルング王子、そなたをこれより我が国の聖者として教会に迎える」

ミットライトは神の奇跡を起こしたため、もう神子ではない。古より伝承にある通り、神子が神の力を使えるのは一度だけ。しかし、その力を失っても聖なるものであることに違いはない。ハイルング王国ではミットライトを教会最高位の聖者として迎え入れ、国王とほぼ同等の権限を持つ立場に立たせることにした。

「これより私、ミットライト・ハイルングはこの国のため、ひいては、この大陸世界のために我が力を尽くすことをここに誓います」

ミットライトはそれを拒むことなく受け入れた。これから先は人間の国王と獣人の聖者という体制での政治となる。

やっと、やっと、ミットライトの望む人間と獣人の共存が始まるための一歩なのだ。

「そして、聖グランツ皇国よりの使者を歓迎する。我が国は貴国に敵対する意思はない。聖者の言葉に従い、貴国にできる限りの協力を約束しよう」

それは、この国の、この大陸の、歴史が大きく変わろうとする一歩だった。

謁見を終えて、ミットライトは自分の離れに戻り、ヴィレもそこにある自分の部屋へと戻る。

王城内の客間を勧められたが、二人とも王城にいるつもりはなかった。

「お疲れ様でした。ミットライト様！　ヴィレ様！」

謁見から戻った二人を屋敷中の使用人たちが出迎えた。

ミットライトは不在を守った使用人たちを労い、これからも頼むと頭を下げた。聖者様に頭を下げさせるなんてとみなひどく恐縮したが、ミットライトの変わりない様子を見て少し安心したようだった。

ミットライト自身は何も変わるつもりはない。今までと同じように民のために働き、獣人が差別されぬ国を作るために尽くすだけだ。それが王子であるか聖者であるかの違いだけ。

むしろ聖者となることで自由に動くことができるようになったため、これから精力的に色々な国をめぐり働こうと思っていた。

王城での宴も終わり、居城の離れでみんなとお茶会をして、ミットライトは自室に戻った。

この部屋を出てからまだそんなに長い時間は経っていないというのに、なんだかとても懐かしく感じる。

「……ヴィレ」

話があると訪ねてきて、お茶を持ってきてくれたり、ワルツを踊ってふざけあって——。

獣の神殿で別れてから、二人きりで話をしていない。

聖グランツ皇国にいたときはお互いに忙しくしていたし、馬車の中ではグナーデが一緒だったので個人的な話はしていない。

(僕にはヴィレの気持ちも、自分の気持ちもわからない……)

窓辺に寄って外を見ると、警備の兵士たちの灯している最低限の明かりしか見えず、月がやけに明るく見える。

そんな暗い中、中庭に影が見えた。

「ヴィレと狼たち……？」

狼たちと戯れながらヴィレの尾が嬉しそうに揺れているのが見えた。

アインス、ツヴァイ——ノインまでの九頭の狼たち。一番小さい仔狼のノインが皆にとびかかって遊んでいるようだ。

「あぁ、そうか」

ふいにヴィレがツェーンと名乗っていたのを思い出した。アインスは一、ノインは九、ツェーンは十番目の意味。ヴィレは自分の仲間たちの一頭であるとしてツェーンと名乗ったのだろう。

「ははっ……ヴィレらしい……」

ヴィレは仲間を大切にして、決して裏切らない。愛情を惜しみなく注ぎ、時には命をかけても守る。

ミットライトの目からポロッと涙がこぼれた。

ヴィレに愛されるものは幸せだ。ミットライトはその幸せを十分に知っている。

それを、今、手放そうとしているのだ。

ここから先はしばらく平和が続くだろう。ミットライトがいろいろと進めれば、争いが起きることもあるかもしれないが、その時にはミットライトの味方はもっと増えていて、その者たちが手を貸してくれるだろう。

(今、今なんだ……)

今、手を離さなければ、もう二度と離せなくなる。

(ヴィレは呪いから解き放たれて幸せに——)

涙で視界がゆがむ。どこかでウォンッと狼の吠える声が聞こえた。

しばらくすると、たたたたっと足音が聞こえ、ミットライトの部屋の扉の前で止まり——

ドカンッと何かがぶつかるような大きな音と同時に扉がすさまじい勢いで開いた。

「なっ……」

いったい何が起こったのかわからないミットライトが呆然としていると、開かれた扉から黒い影がなだれ込んでくる。

「ミットライトッ⁉」

一番大きな黒い影はヴィレだった。

ヴィレはミットライトの前に立ち、その顔を覗き込んでくる。他の影は狼たちだ。大小それぞれの顔がそろう中、その隙間から仔狼のノインまで顔を覗かせていた。

「どうした？　なぜ泣いている？　具合が悪いのか？　ど、どこか怪我か？」

ヴィレが青ざめた顔でオロオロとミットライトの様子を見ている。健康的な褐色の肌が見事なまでに青白い。

「ヴィレ……」

言葉を出さなければ、突き放して別れを言わねば、今こそがその時なのに——。

「ミットライト」

ぎゅっとヴィレに抱きしめられる。

「っ⁉」

力強い腕が、ぎゅうぎゅうとその厚い胸に押し付けるように抱きしめてきた。

そして、一瞬、その腕が緩み、金色の瞳がミットライトを見つめて、より近くに寄る。

ミットライトの頰を濡らす涙の粒を唇で拭い取り、ちゅっと音を立ててキスした。

「ヴィ、ヴィレ……」

「やっと、お前を取り戻したんだ。もう神には渡さない」

ヴィレはそう言うとさらに強くミットライトを抱きしめた。

「神に許されて、俺たち二人で生きていこうとしているのに、お前はいつも神子としての使命を優先して、神の御許へ還ってしまう。もう……頼むから……俺の傍に……」

「え？」

ミットライトはヴィレの言葉に変な声が出てしまった。

どういうことだ？　神に許されて？

その声にヴィレがミットライトの顔を覗き込む。

「どういうことだ……？　神に許されたことなど一度も……」

「え？」

今度はヴィレがわけがわからないという顔をする。

「僕たちは神に呪われて……」

「俺たちは神に許されて……」

「え？」

「は？」

二人は抱き合ったままきょとんとした顔をしている。

狼たちも二人の周囲を取り囲むように集まると二人の様子を見守っているようだった。

「……俺は間違った記憶を取り戻しているのか？」

ヴィレは獣の神殿で剣を手にしたとき、過去の、今までの記憶を取り戻したのだという。

「俺は、最初の世界でのあの時、神に願った」

『望みはただ一つ！　永遠に二人であることのみ！』

それはヴィレだけの願いではなかった。あの時、確かにヴィレの腕の中で、どうかこのままとミットライトもまた神に望んだことだ。

「神子よ、祝福在れ。と神はおっしゃった。そして、俺たちはあの世界から新しい世界へと生まれ変わり、再び巡り合って――」

「ちょ、ちょっと待て、ヴィレ」

最初からミットライトの記憶と齟齬がある。

「神は僕たちを呪ったはずだ！　神に刃を向け、神の意向に背いた僕たちを」

あの瞬間のことは幾度も思い出し、幾度も夢に見た。

「ミットライト、お前は何も神に背いていない。神の力を用いて奇跡を起こし、この世界を救ってきた。その上、人々が不安にならぬようにと奇跡を起こした後はいつも神の許へ還る選択をする」

ヴィレが苦し気に眉を顰める。

人々が不安にならぬため。

神子は禍と共に生まれる存在。禍が消えても神子が世に留まれば、新たな禍が呼び寄せられると民は恐れていた。

それは神の意向ではなく、民の都合。

だからこそ神は問われたのだ。民の都合で命を奪われることになる神子たちに。

汝が望みを述べよ、と――。

「僕は……」

ミットライトは神の力を持って生まれる度に、神の奇跡を望み、民が望むままにその命を差し出していた。

それが自分の罰だと思っていた。神に背き、神に呪われた自分の罰。そう思って、ずっと奇跡が終わったのちはその世界を去ることにしていたのだ。民を不安にしてはならない、新たな災禍から世界を救わねばならない、それが呪われた自分にできるせめてもの償い。

「僕はこの呪いからヴィレを逃したくて……そのためにはヴィレが僕以外の誰かと新しく番うしか術がなくて……」

ミットライトがいなくなれば、ヴィレも別の誰かと添い遂げるのではないかと思ったこともある。だからいつの世界でも奇跡の後に祭壇へ上がることを――神の許へ還ることを拒みはしなかった。

ヴィレを突き放せないなら、せめてミットライトがこの世から去るしかなかった。だが、ヴィレは必ず次の世界でもミットライトと巡り合う。

「ミットライトはずっと記憶を持って転生し続けてきたと言っていたな。俺はお前に巡り合って神の奇跡に触れなくては記憶が甦らなかったんだ」

ミットライトはヴィレの話すミットライトの死後の話に驚きを隠せなかった。

ヴィレが記憶を取り戻すのは、いつもミットライトが奇跡を神に望んだ後。

「祭壇の上で命を捧げるお前を幾度も見送った。そして俺は次の世界でこそとお前の後を追い続けていたんだ」

ヴィレはミットライトが次の世界に転生するのを追いかけていた。神子とともにあったヴィレが、神子のために殉死を望まれるのもいつものことだった。ヴィレはそれに抗わず、神子の後を追うように祭壇で命を捧げた。

「お前は知らなかったようだが、神子の死んだ後の世界はあまり穏やかではないんだ。それこそ民が自分たちの不安のために神子を殺し続けることへの神の怒りのようだと俺は思っていた」

しかし、民は神子を神の御許へ送り続けた。

神は繰り返し奪われてゆく神子の命を嘆いていた。その嘆きと共に神子の力は少しずつ失われてゆく。

そんな中でもミットライトは世界を救い続ける。この世界はミットライトが救おうとした世界、でも、同時にミットライトを利用して殺す世界でもある。

獣の神殿で自分の剣を手にして神の力に触れた時、ヴィレの中のすべての記憶が甦ったのだ。目の前で愛するミットライトが再びヴィレを置いて行こうとしているのを見て、怒りの感情が抑えられなかった。

このままミットライトが純潔を失えば、神の力を失い神子ではなくなることも思い出した。でも、ヴィレはミットライトを愛している。ミットライトがどれだけこの世界を愛しているかも知っている。

ヴィレはミットライトの代わりにリートゥスに立ち向かうつもりだった。ヴィレが奪ったミットライトの中の神の力はヴィレの剣に宿り、それをもって聖グランツ皇国に戻ったのは魔族であるリートゥスを倒すためだった。

ミットライトを生かしたまま魔族という災禍を打ち払うには、それしかないと思ったのだ。

「そして、あの時、最後の神の子らと神はおっしゃった」

リートゥスに立ち向かうための角笛を授かった時、神は確かにそう言った。

戦いが終わって、ミットライトにもヴィレにも神の力はほとんど残っていない。ミットライトには長きにわたる経験と知恵、ヴィレには狼たちと対話し通じ合う能力、残されたのはそれだけだった。

「多分もう俺たちは生まれ変わることもないだろう」

人は人として生き、限られた寿命の中で世界に尽くす。

「今度こそ俺たちの願いは叶えられる」

「まずはこの世界を二人で生き抜き、そのあとは神の御許で共に眠りにつくのだろう」

ミットライトたちが獣人と人間の共存を始めるために世界を変えてゆくように、この先は神の力に頼らずここに生きる命が世界を守り育てて行くのだ。

少しずつ人々の認識が変わり始めたのはやっと最近になってからのことだ。世界を救った神子を神の御許に還さずに、現世にとどまってもらうことで神の加護は続くのではないかと思うようになった。

それが「聖者」という立場だ。

神子として生まれた者たちが、奇跡を起こし世界を救い、民に命を捧げ続けた果てにやっと手に入れた神子の平穏。ミットライトは聖者となり、ヴィレは聖者の守護騎士となり、二人はこの世界で生きて行くのだ。

「ミットライト……俺と一緒に生きてほしい」

ヴィレははっきりとそう告げて、ミットライトの頬を撫でる。

「ヴィレ……」

ミットライトの頬を再び涙が伝う。悲しくて泣くのではない、嬉しい涙。伝う涙も温かく感じる。

ヴィレはそっと唇を寄せて涙にキスして、ミットライトの背をやわらかく抱き寄せた。

狼たちはその様子を見ると、くぅんっと小さく鳴いてそろって扉から出て行く。最後まで残っていたノインはアインスが首をくわえて連れ出していった。

狼たちがいなくなり、部屋の中に静寂が訪れる。

ヴィレはミットライトの頬を伝う涙を唇で拭うと、ちゅっと軽く音を立てる。

それがくすぐったくて、ミットライトは首をすくめた。

その仕草がかわいいと、ヴィレは幾度もキスを繰り返す。

「あははっ、犬のようだぞ。ヴィレ」

「俺はお前の忠犬だからな」

「ヴィレ……」

揶揄うように笑うヴィレに、今度はミットライトからキスした。

「っ！」

ヴィレが驚きに目を瞠ると、ミットライトはばつが悪そうに少し目を逸らす。

「僕だって……」

そこから先が言葉にならない。

今まで絶対に言わないようにしていた言葉だ。心の中では何度も繰り返し叫んでいたけれど、声に出すのはまだ怖い。

「ミットライト……」

だが、ヴィレには心のうちを読まれているのかもしれない。

ヴィレはミットライトの目を真っ直ぐに見て、柔らかく微笑み、言った。

「愛している。ミットライト」

「ヴィレ……」

「大好きだ。最初に過ごした世界からずっと、今も変わらず。そしてこれからも愛している」

ヴィレは躊躇わない。思い返しても、ヴィレがこの言葉を躊躇ったことは一度もない。

「……僕もお前が好きだ」

ミットライトも思い切って言葉にしたら声が震えた。

「ヴィレ、愛してい」

ミットライトの言葉が終わる前に、乱暴なくらい荒々しく抱きしめられた。

「ヴィレ！　くるし……」

「ミットライト……ミットライト……」

今度はヴィレの声が震えている。

「愛してるよ、ヴィレ」

ミットライトはぎゅうぎゅうと抱きしめてくるヴィレの背に手を回しぎゅっと抱きしめた。

もう抱きしめられたら拒まなくていい。

大好きだ、愛していると言葉にして応えていい。

「俺もだ」

少しだけ腕の力が緩まった隙間から、二人は互いを見つめあった。

(蘇芳混じりの黒髪、褐色の肌、黄金のような金色の瞳……獣の耳……狼のヴィレ)

男らしく凛々しい顔立ちはいつも変わらない。初めてこうやって抱きしめあった夜からずっと。

二人は無言のまま見つめあっていたが、そっとヴィレがミットライトの頬を撫でた。

「ん……」

手のひらの次は頬だった。

猫がすり寄るように頬と頬を合わせ、甘く耳を噛まれる。獣の牙を感じるが、決して痛くはない。くすぐったいような甘い痺れが、どんどんと体の中にたまって行くようだ。

「ヴィ、レ……」

手を伸ばしてヴィレの髪に触れた。さらさらと柔らかくて触れるだけで気持ちがいい。ミットライトは抱きかかえるように腕を回し、ヴィレは額を押し付けてくる。

頭上にある獣の耳を撫でると、ぴんっと跳ね返ってミットライトの方を向く。繰り返し撫でても必ずミットライトの方を向く耳が、全身でミットライトのことを感じているのだと分からせる。そのまま寄り添うように顔を寄せてキスを交わした。

触れ合う唇が熱い。幾度かキスはしているけれど、こんな風に熱っぽく感じるのは初めてだった。

「ん、ぁ……」

息を吐く間も惜しいほど、唇を食みあい、深く重ねあった。ちゅ、ちゅっと音を立てて唇を重ねていたが、ヴィレがその唇を分けるように舌でぺろっと舐め上げた。ミットライトは驚いて、一瞬、唇を離してしまったが、ヴィレはそれを追うようにもう一度舐める。息を詰めることもできず、はぁっと小さく唇を開いたとき、さらにその奥へと舌を差し入れられてしまった。

「あぅ、んっ」

長い舌先に口蓋を舐め上げられると、ゾクゾクと背筋を震えが走った。

「ん、んっ……ぁん……」

ヴィレは執拗に口の中を弄る。ざらつく舌に口の中を侵されるたびに、小さな震えがどんどん胎の中にたまっていった。

「いいか？」

甘いしびれに身を任せて、ぼうっとしているとヴィレにそう言われた。

何を問われているのかは考えなくてもわかる。

ミットライトはこくっと頷き、それだけで恥ずかしくなってうつむいてしまった。

ヴィレは黙ってミットライトを抱き上げる。

この世界で何度もこうやって抱き上げられたことがあるけれど、なんだか今は抱き上げてくれる腕が胸が熱く感じる。

ミットライトはその胸にそっともたれかかるようにして目を閉じた。

少し歩いて、ミットライトの寝室の寝台の上に下ろされる。

久しぶりに帰ってきた部屋の寝台だが、肌触りの良い敷布から仄かな花の香りがした。

「お前と同じ匂いだ」

「え？」

ずしっとヴィレに覆いかぶさられて、寝かされたミットライトの顔にヴィレの髪が触れる。

「優しい花の香りとお前の匂い」

「ヴィ、ヴィレ！」

くんくんと獣のような仕草で首元に顔をうずめられて匂いを嗅がれた。その息がくすぐったくて、ミットライトは首をすくめる。

「隠さないでくれ。全部、俺のものだ」

「ぁ、あ……」

ヴィレは再びミットライトの耳を甘く食む。ぴりっと刺激が走って、ミットライトの唇から喘ぐように声が漏れた。

狼がこうして甘噛みをするのは愛情表現なのだと言っていた。あの泉で抱かれた時もヴィレはミットライトを噛んでいた。獣の性がこらえきれない思いを伝えてきていたのだと今改めて知る。

「ヴィレ……」

名前を呼ぶと、ぺろっと首筋を舐められた。

「ひゃっ、んっ」

唇を舐められ、再びキスされた。今度はミットライトも積極的にキスに応じる。

「ぅふ……ん」

舌を絡めあいながら、背中に手を伸ばす。ぎゅっと抱きしめると、ヴィレに軽く舌を噛まれた。

「んっ」

余裕たっぷりのヴィレにちょっと悔しくて、髪をぎゅっとつかんでみたが、ヴィレはそんな仕草をするミットライトが可愛くて仕方ないようだ。あやすようにキスを繰り返しながら、そっとシャツのリボンをほどき、ボタンをはずしてくる。シャツが開けて、ミットライトの白い肌が露になる。

筋肉のしっかりついたヴィレに比べて薄い胸が恥ずかしくて、ミットライトはヴィレの胸に腕をついて拒もうとしたが、ヴィレはそれをものともせずに胸に手のひらを滑らせた。

「あっ、やっ」

手のひらで擦られ、指先で弾かれるように触られていると乳首が硬くとがってくる。

「や、やだ……はずかし、よ……」

乳首を弄られているだけなのに、じりじりと体の奥がくすぶり始めて息が上がる。

舌足らずにやめてほしいと訴えるが、ヴィレは聞いてはくれない。

「大丈夫、気持ちいいんだよな？」

悪戯するようにぴんと弾かれてビクンと震える。

「い、ぁっ」

胸を弄られているだけでもたまらなくなってくるのに、ヴィレはミットライトを仰け反らせるように腰を抱き寄せて、その尖りに口をつけた。

「ああっ、や、だめっ、あ、あ」

舐められたり吸われたりするたびに、意味のない言葉が唇から喘ぎとなってこぼれる。

やだやだと首を振っても、それは全然嫌じゃなくて、もっと強請るようにヴィレの頭に縋り付いてしまう。

「気持ちいい？　教えて」

ヴィレはそんな様子を楽しむように、ミットライトの乳首をきゅっと甘噛みして聞いた。

「んぁっ！　いい……きもち、い、からぁ……」

ミットライトは喘ぐばかりでもう何も考えられなくなってきている。強請られるままに気持ちいいと答え、もっとと強請る。

「も、だめ……おかしく、なる」

「いい子だ、ミットライト、もう少しだけ我慢しな」

ヴィレは時折強く胸を弄りながら、腰を抱く手とは別の手をミットライトの胎へと滑らす。

「ひ、ぁっ」

いつかのようにヴィレはミットライトの下衣を寛げ、その下着に触れる。柔らかな手触りの布の下に、張り詰めた熱を感じた。指で擽るように上下に触れると、ミットライトはたまらず身をよじった。

「あっ、だ、だめっ」

逃げようとするミットライトの腰を押さえつけ自分の方に引き寄せると、ヴィレは自分の強張りをミットライトのそれに押し付ける。熱くて硬いものが触れて、ぐいぐいと押し付けられる。仄かな痛みと強い快感に苛まれて、ミットライトは言葉にならない声を喘ぎ続けた。

「ああ、あ、や、だめっ……ヴィレ……ああ、あ」

手で触られるより雑な動きなのに、手のひらより熱が伝わるせいで余計に意識してしまう。

「は、はぁっ、は、ああ」

腰を抱き寄せられて揺すられるだけの単調な刺激が、胎の中に溜まって燻ぶる。

「ミットライト……」

気が付けば余裕のなくなったヴィレの膝上に抱きかかえられて、尾の付け根を握られた。

「ひゃっ」

丸い尻の上の小さな山羊の尾がピルッと動くたびに、その付け根を握られて、ミットライトは体を跳ねさせる。

ヴィレは膝上に座らせたミットライトを下から突き上げ、跳ねる丸い尻を握るようにもみながら、時折、その尾を握ってきた。

「やだ、やだぁ、そこ、にぎっちゃだめ……」

「きもちいい?」

もう一度、聞かれた。

もう我慢できないくらい気持ちがよかったので、ミットライトはこくこくと頷いた。

「もっと気持ちよくなる？」

「え？　うそ、え？　あ、ああっ」

ヴィレが太腿でミットライトの尻を押し上げると、ミットライトは嬌声を上げながらヴィレにしがみつく。

「や、やっ、ヴィレ！　ヴィ……」

唇を合わせられて喘ぎも声も飲み込まれてしまう。舌を絡めあっていると、尾の付け根を握っていた手が下着の中に入り込む。

「っ！」

双丘を滑らせ、あわせの奥まで指先が届き、誰にも触れられたことのない場所に指が当たる。

「あの神殿では最後までしなかったけど、今度こそ、ミットライト、俺のものに……」

獣の神殿で、ヴィレの愛撫にさんざん喘がされたあの時、ミットライトは本当の意味で純潔を失ってはいなかった。

ただ、唇を合わせ、体を合わせることで、ミットライトの中の力がより強いヴィレとヴィレの剣へと移っただけだったのだ。

だからこそミットライトは神の力を再び与えられ、祝福の角笛を手にすることができた。

「怒りに任せて抱くことだけはできなかった。俺はミットライトが欲しいんだ……体だけでなく、心も、すべて」

ちゅっと頬にキスを落とされる。ちゅ、ちゅと幾度も懇願するようにキスされて、ミットライトも唇を開いてそれを受け入れた。

「ヴィレ、ヴィレ……僕の……僕のヴィレ……」

愛しているのはヴィレだけじゃない。ミットライトもずっと恋焦がれていた。絶対に手に入らぬものだと思って、必死に拒まなくてはならないほど、ヴィレを求めていたのだ。

ミットライトに名を呼ばれると、ヴィレは膝上に抱いた体をより強く抱き寄せ、熱い肌を合わせ、愛らしく動く尾を握り、逆の手で奥を弄った。

「ひんっ」

「ミットライト、力抜いて」

ぬくんっと指が入り込む。

「だめっ、それ、だめ」

「ダメ？」

「ああ、きもち、いの……だめっ」

ヴィレはミットライトを抱えたまま、寝台の上に仰向けで寝転がり、腰の上に跨らせる。

「んっ……あ……」

入り込んだ指が、ゆっくりと胎の奥を弄り始めた。指先が動くたびに、胎の中でくすぶる快感を刺激してくるが、そこに届きそうで届かない。

「ヴィレぇ……」

ミットライトはもっと気持ちよくなる場所に触れてほしくて腰を揺らした。ヴィレの腹の上でその硬い腹筋にこすりあげられて、蜜があふれ濡れた音がする。

ヴィレはそんなミットライトの様子を楽しげに眺めている。

「あっ！」

腰が少しずれたときに、ごりっとさらに硬くて熱いものに触れた。それがミットライトの尻を押し上げると更に気持ちがよくなる。気持ちよくて、気持ちよくて、恥ずかしい。ミットライトはヴィレの視線から逃れるように顔を腕で覆った。

「俺に隠さないでくれ」

「み、見ないで……」

「ダメだ」

ヴィレは隠れることも許してくれない。ミットライトの腕をのけて、羞恥に赤らんだ顔を覗き込んでくる。

「顔が見られたくないなら、俺にキスすれば見えなくなるぞ？」

「で、でも」

「おいで、ミットライト」

「んっ……」

ヴィレに腕を伸ばされて、それに誘われるようにミットライトは覆いかぶさるように顔を下ろした。唇が触れてヴィレに舌で舐められると、夢中になってそれに舌を絡めた。

「んんっ」

「少し、我慢だ」

ヴィレの指が抜かれて、指よりももっと熱いものが押し当てられた。

「ん、ぁ、ああっ」

ずくっと入り込むその熱量に、ミットライトは体を震わせて応える。

「ヴィ、ヴィレ……ん」

胸の上で抱きしめられて、キスであやされながら、ミットライトは入ってくる熱に耐える。

耐える気持ちでいたが、少しでもそれが緩むと、もっと奥へと誘うように尻を揺らした。

「ふ、ぁ、ああっ」

最後の少しがすべて入りきった瞬間、ミットライトの中に電気が走る。

ぎゅっと目を閉じて強い快感をやり過ごそうとするが、ヴィレが突き上げるようにミットライトを揺すってきた。

「あっ、ああっ、だめっ、あっ」

ミットライトは背を反らして逃れようとするが、がっちりと尻をつかまれていてそれは許されない。

ギシギシと寝台が音を立てるほど揺すられると、胎の奥に溜まっていたもどかしさが快感へと変わってゆく。

「ヴィレ、ヴィレ、あ、ああっ、ヴィレ……」

胸に手をついて、ぽろぽろと涙をこぼしながらミットライトはヴィレの名を呼び続ける。

助けてほしいのか、もっとと強請っているのか。

「ミットライト……俺の……」

ヴィレに愛を囁かれて、抱きしめられて、何もかもをさらけ出して。

揺すり上げられる度に、光が瞬くような快感にミットライトは喘ぎ続けた。

「あっ、ああっ、んっ」

甘く溶けるような、いやらしい声が溢れてしまう。

「ヴィ、レぇ……」

名を呼べば、ヴィレはそれに応えるように突き上げ、望むままに唇を合わせてくれる。

胎の中に溜まっていたもどかしいものは、すべて快感となって体中に広がってしまった。

もう、背を抱かれても、唇を合わせても、尻を揺すられても、びくびくと体中を快感が走る。

「ああ、ヴィレ、ああああっ、んぁ、」

意味をなさない言葉と愛しい人の名前だけが頭の中をめぐり、声となって溢れてしまう。

「ミットライトっ……愛しているっ」

大好きな人の声がそう囁いて、かぷっと耳を嚙まれた瞬間――。

ミットライトの身体は大きく震えて、ヴィレの全てを受け入れた。

「あぁっ――」

激しい快感の次に訪れたのは心地よい脱力。

ミットライトはヴィレの体の上に力なく伏せてしまうが、その熱い余韻に浸る間もなく、ヴ

ィレは再びミットライトを突き上げてきた。

「ひ、んっ、ああ、ヴィレ……や……」

愛されて敏感になり過ぎた体は、わずかな動きも快感として拾ってしまう。

もう、やだと言いながらも、ミットライトも無意識に揺れにのり、二人は再び快感を集め始めるのだった。

聖者となったミットライトは、国内外の多くの民からの信頼を集めた。

神子のように信仰の対象なだけでなく、各地を巡り、必要な知恵を惜しみなく与える。聖グランツ皇国の荒れた国土も、ミットライトの知恵とハイルング王国からの援助により豊かによみがえり始めていた。

「この神殿に再び戻ってくるとはな」

ミットライトが今いるのは、あの獣の神殿だった。過酷な崖登りの道は今や誰もが訪れることができるように整えられ、神殿も昔のように美しく整備しなおされた。真っ白な美しい姿を取り戻した神殿は、昔のように人であふれ活気を取り戻している。

だが、そこにあるのは神子に対する一方的な救済の祈りだけではない。聖者からの知恵を得て、それを国に持ち帰り、自国のために尽くさんという意欲ある者たちの学びの場所ともなっているのだった。

獣人も人間も分け隔てなく多くの者たちがここを訪れ学んでいる。


「ミットライト様！　聖者様⁉」

従者たちがミットライトを捜す声が響く。

ミットライトの従者も今ではグナーデだけではない。多くの従者や使用人たちが仕えるようになっていた。そんな多くの従者たちが、神殿の中をミットライトを捜している。

「いいのか？　捜しているぞ？」

ミットライトと共に魔族を倒し、その貢献を讃えられて聖騎士となったヴィレが胸の上で転寝しているミットライトに問うた。

二人がいるのは神殿の屋上。広間の上に広がる大きなバルコニーのさらに上だ。ここは遥か昔から二人の息抜きの場でもあった。ここへ上がってくる階段は隠し通路となっていて、今では当時を知るミットライトとヴィレくらいしか使っていない。

「いい。どうせまた何処かの貴族か誰かが来たんだろう。今朝、参道を上がってくる馬車の車列を見たからな」

聖者となって人々に知恵と祝福を与える事は惜しまないミットライトだったが、ご機嫌取りのような謁見と外交は大嫌いだった。

ミットライトはそう言ったものの大半を笑顔で無視して行方をくらませてしまう。今もそんな王族か貴族が来ているのだろう。

この心地よい日向から出向く必要のある用件とは思えない。

今日のミットライトは寝そべるヴィレの胸の上で心地よい惰眠をむさぼることに決めていた。

周りにはヴィレの眷属の狼たちも心地よさそうに寝そべっている。いまやミットライトもヴィレの群れの一員であった。

しかし――。

「ミットライト様！」

不意に頭上からグナーデの声が響いた。

「グナーデ!?　なぜここに？」

灰色猫の従者は腰に手を当てて寝そべる二人を見下ろしている。

「ミットライト様が本日のご用事を放り出していると、従者たちから報告がありましたのでお呼びに参りました」

そう言ってにっこりと笑っているが、グナーデは何とも言えない圧をかけてくる。

この従者もミットライトを助け尽くしてきた褒賞として貴族位を与えられて、ミットライトの多くの従者を束ねるための地位に就いたが、わがままに逃げ回るミットライトを御せる有能さは変わらない。

そろそろ仕事に行かせないとならないとは思っていたが、ヴィレとの逢瀬を手放すこともしたくない。なので、多分、呼びに来るであろうグナーデが来るまではと決めて、ここで昼寝をしていたのだ。

「さて、そろそろ仕事の時間のようだな」

ヴィレがそう言って体を起こすと狼たちも立ち上がる。

ヴィレの胸の上に頭を乗せていたミットライトも無理やり体を起こされてしまった。

「今日は朝の礼拝も終わったし、どうせ大した用件もない貴族の謁見だろう？　僕の休息の方が重要だと思わないか？　グナーデ」

「そうおっしゃって、昨日もこちらでお休みされてましたよね？」

グナーデのにっこりの圧がさらに高まる。

ミットライトも苦楽を共にしたこの従者にはどうにも弱い。そんな様子を笑って見ているヴィレの腹に思いっきり手をついてやった。

「ぐっ……ミットライト……」

腹を押さえて悶えているヴィレをよそに、ミットライトは立ち上がって言った。

「ほら、聖騎士もサボるなよ。僕が仕事をするという事は、お前も働けという事だ。行くぞ」

グナーデが一の従者であるならば、ヴィレは永久に寄り添う番の騎士だ。

「畏まりました、俺の神子。どこまでもお付き合いいたしましょう」

ヴィレはそう言うと立ち上がり、ミットライトの横に立つ。

我ら(われ)が望みはただ一つ、永遠(とわ)に二人であることのみ。

願いは叶(かな)えられた。

ずっと二人は共に在る。

何処に在っても、この先も。永遠に。

あとがき

　こんにちは、貴津です。この度は『転生を繰り返す白ヤギ王子は、最愛の騎士と巡り合う』をお手に取っていただき、ありがとうございます。

　すれ違い、思い込み、思いやり、反するような奥底の本心。それらすべてを弾き飛ばしてしまうような想い。素直になれば楽になるのにと思う気持ちと、でも素直になってはいけないのだと留める気持ち。そんな沢山の思いを抱えたまま生きるミットライトと、記憶はなくてもミットライトと出会えばその人となりに魅かれずにはいられないヴィレ。

　今回のお話の中では対でありながら反するものを二人に抱えて頑張ってもらいました。それでも最初から一貫して互いを思いやる気持ちだけは変わらないので、たくさんのものに惑わされても、大切なものは変わらない。そんな二人の物語を皆様と分かち合えたら幸いです。

　最後に、素敵な絵姿を与えてくださった渋江ヨフネ先生、デビュー作に続いて拙い私を支えてくださった担当編集者様、編集部の皆様、この本に携わってくださったすべての皆様に、厚く御礼申し上げます。

　そして、数ある作品の中から本作を手に取ってくださいました読者の皆様に心からの感謝と御礼を申し上げます。

　またいつか、お会いできましたら幸いです。

令和六年　皐月某日　貴津　記す

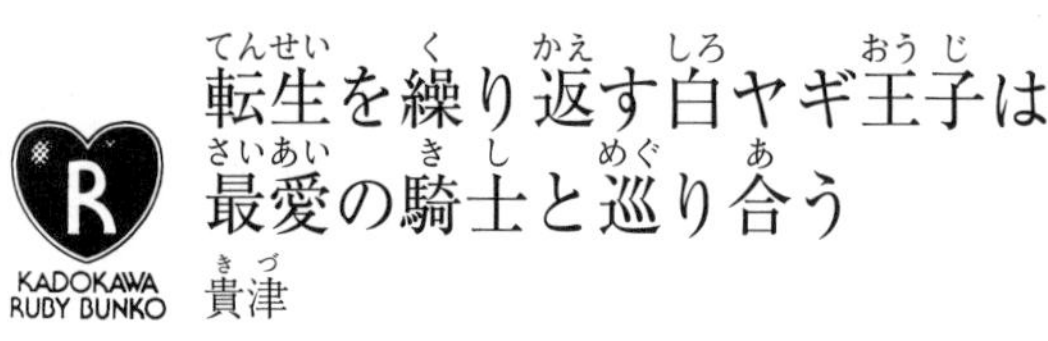

角川ルビー文庫　24227

2024年7月1日　初版発行

発行者———山下直久
発　行———株式会社KADOKAWA
〒102-8177　東京都千代田区富士見2-13-3
電話 0570-002-301（ナビダイヤル）
印刷所———株式会社暁印刷
製本所———本間製本株式会社
装幀者———鈴木洋介

●お問い合わせ
https://www.kadokawa.co.jp/（「お問い合わせ」へお進みください）
※内容によっては、お答えできない場合があります。
※サポートは日本国内のみとさせていただきます。
※Japanese text only

ISBN978-4-04-115084-9　C0193　定価はカバーに表示してあります。